FSC
www.fsc.org

MIX

Papper från
ansvarsfulla källor
Paper from
responsible sources

FSC® C105338

AF272264

Schnee, Niederschlag in Form von Eiskristallen (Schneesternen), der bei einer Temperatur um 0° oder darunter fällt.

Focus Lexikon

Jan Eric Arvastson

Als Kennets letzte Stunde geschlagen hatte

Roman

Impressum

© 2020 Jan Eric Arvastson

Verlage: ArvasText.se, BoD.de

Editor und Umschlagdesign: Kathrin Spangenberg

ISBN: 9789178512683

Herstellung und Verlag: BoD – Books on Demand,
Norderstedt

Kapitel eins

Die widerwillig angenommene Einladung

In zwei Wochen war Kennets Geburtstag. Am 28. Februar wurde er 14 Jahre alt. Seine Mutter hatte sich damals in einem Schaltjahr gewünscht, dass er am 29. Februar geboren würde. Das ist nämlich ein Glückstag. Aber daraus war nichts geworden.

Kennets Haar war schwarz und strähnig. Ein Schneidezahn war abgebrochen, nachdem er mal vom Fahrrad gestürzt war.

Mit Kennet wollten die meisten nicht viel zu tun haben. Aber manchmal fanden sich trotzdem welche. Kennet war nämlich immer gut bei Kasse.

Sein Vater hatte ein großes Sportgeschäft und versorgte Kennet mit mehr, als der brauchte. Kennet hatte drei- bis viermal so viel Taschengeld wie die meisten anderen. Das machte ihn für einige andere Jungen anziehend. Er hatte tolle Sachen, konnte mal einen ausgeben und warf mit dem Geld nur so um sich. Das heißt, wenn er Lust dazu hatte.

Nun sagte sein Vater zu ihm:

»Die Firma hat oben im Gebirge eine Sporthütte.« Der Vater lächelte kurz. »Eine Geldanlage natürlich. Ein großes und gut ausgerüstetes Chalet in einem herrlichen Gebiet.«

So drückte sich Kennets Vater aus. Umständlich mit Wörtern aus Zeitungen und Büchern. Geldanlage? Was war das denn? Sicherlich keine vergrabene Schatztruhe. Er meint einen großen Schuppen mit vielen Schlafplätzen neben einer Skipiste, dachte Kennet.

»Ja, und?«, sagte Kennet. Er hoffte, sein Vater würde nicht noch weiter ausholen. Kennet hatte keine Zeit, noch länger zuzuhören. Er war auf dem Weg nach draußen.

»Ich dachte mir folgendes«, sagte der Vater und legte eine Hand auf Kennets Schulter. »Als Geburtstagsgeschenk lade ich dich und drei deiner Freunde ein, die Winterferien da oben zu verbringen. Du hast ja genau in den Ferien Geburtstag, Kennet. Ich bezahle die Reise und alles andere, was ihr braucht. Das wird sicher spaßig, oder? Auf diese Weise mit einigen netten Leuten zusammen zu sein.«

»Kommst du mit?«, fragte Kennet.

»Oh, nein«, sagte sein Vater. »Es wird sicher besser ohne mich.«

Kennet wich zur Seite, sodass Papas Arm runter sank.

»Ich weiß nicht«, sagte er.

Was sollte das Ganze? Den Hügel rauf und runter rutschen, dachte Kennet. Er hatte sich noch nie fürs Skilaufen oder fürs Wandern in freier Wildbahn interessiert. Draußen im Zelt zu liegen und sich den Arsch abzufrieren. Nein danke! Oder beim Angeln an irgendeinem Fluss rumzustehen und auf einen Schwimmer zu glotzen. Dazu hatte er keine Geduld. Oder einen Trampelpfad entlang zu wandern, wandern, wandern, der kein Ende nimmt. Mit einem Riesenrucksack auf dem Rücken, der drückt und scheuert. Todlangweilig!

Aber er wollte natürlich etwas zum Geburtstag.

»Kannst du mir nicht lieber ´nen Mofa kaufen, Papa?«

So eine starke Maschine, dachte er. Wie ein richtiges Motorrad, in einer schicken Farbe, mit Chromteilen und ordentlich laut. Kennet konnte sich gut vorstellen, wie er hinter ein paar alten Tanten ordentlich Gas geben würde, sodass die vor Schreck in den Graben springen würden. Schöner Gedanke!

»Du hast es ja schon geschafft, dein Fahrrad kaputt zu fahren. Sei mir nicht böse, aber für ein Mofa musst du schon selbst ein wenig sparen. Einen Teil kannst du selbst bezahlen.«

Kennet knurrte, sagte aber nichts. Daraus würde wohl erst einmal nichts werden. Bis sein Vater seine

Meinung wieder änderte. Vielleicht schon zu den Sommerferien.

Kennet ging in Gedanken zurück zur Hütte im Gebirge. Vielleicht war die Idee, dort oben Geburtstag zu feiern, doch gar nicht so übel. Eine ganze Woche da oben mit ein paar anderen Jungen rumzuhängen. Vielleicht wäre das etwas...

Gewöhnlich hielten es aber die anderen nicht allzu lange in seiner Gesellschaft aus.

Wusste sein Vater das? Nein, das konnte er nicht wissen. Er war ja nie dabei.

Die er in die Hütte da oben einlud, dachte Kennet, würden wohl länger seine Freunde sein, zum Dank sozusagen. Die fühlten sich dann gewissermaßen dazu verpflichtet. Vielleicht war das gar keine schlechte Idee, die sein Vater da gehabt hatte.

Johan ging in die gleiche achte Klasse wie Kennet, obwohl er ein Jahr jünger war. Kennet dachte an Johan und verzog das Gesicht.

Ein schlauer Kerl. Johan war gut in der Schule. Pfiffig. Er bewunderte Johan, obwohl er das nie jemandem erzählen würde, am allerwenigsten Johan selbst. Johan war in allen Fächern besser als er.

Kennet hatte mehrfach versucht, Johan zu provozieren. Er stichelte mit ein paar Bemerkungen, um ihn zu ärgern. Aber es zeigte leider nicht die gewünschte Wirkung. Johan war nicht wütend geworden oder rot angelaufen wie manch anderer. Er hatte Kennet einfach links liegen gelassen und war weggegangen, ohne sich auch nur ein einziges Mal zu ihm umzudrehen.

Das machte Johan für Kennet nur interessanter.

Johan war ein bisschen größer als Kennet. Er war ein sportlicher Typ und schien ein guter Läufer zu sein. Aber man sah doch, dachte Kennet, dass er wohl nicht so stark war wie er selbst. Wenn er wollte, könnte er ihn verprügeln – einhändig, einen Arm auf dem Rücken festgebunden. Klar!

Aber damit hatte er sich schön zurückgehalten. Schließlich wollte er es sich nicht ganz mit Johan verderben.

Es war eigentlich keine schlechte Idee, Johan zu dieser Tour einzuladen.

Kennet hatte eine große Klappe. Er konnte mit seinen giftigen Worten auf besonders gemeine Weise jemanden treffen. In seinem pickeligen Gesicht wuchs hier und da ein zarter Bartflaum. Seine Augen waren klein und stechend.

Bisher war Johan mit Kennets Sticheleien so umgegangen, dass er sie einfach nicht beachtete. Aber in der Sporthütte würde er nicht so einfach davonkommen können! »Dir werde ich es noch zeigen, Bursche«, dachte Kennet und schmetterte die Faust in ein Kissen.

Er suchte Johans Telefonnummer und rief ihn an. Johan selbst war am Apparat. Kennet brachte seinen Vorschlag in einem ziemlich unbeteiligten Ton vor. Er blieb erst einmal ganz cool.

Johan auch. Er sagte erst mal gar nichts. Als Kennet merkte, dass Johan zögerte, wurde er immer eifriger. Er erzählte groß und breit, was ihm sein Vater beschrieben hatte... Total schicke Hütte. Fantastische Umgebung. Das Essen, die Reise, die Ausrüstung, alles bezahlt!

Das hörte sich doch super an. Kennet verstand absolut nicht, wie der da immer noch sitzen und überlegen konnte.

»Ich hatte eigentlich vor, in der Stadt zu bleiben«, sagte Johan zögernd. »Zusammen mit Sixten. Der rechnet jetzt praktisch damit.«

»Das ist ja wohl Quatsch, hier in der Stadt zu bleiben, wenn du es vermeiden kannst«, antwortete Kennet. Er war rot geworden; ihm wurde heiß. Er drehte sich vom Hörer weg und räusperte sich. Immer wenn er aufgeregt wurde, kam ihm irgendwas in den Hals. Er war deswegen schon beim Arzt gewesen und hatte verschiedene Tabletten gefuttert. Doch es verschwand nicht.

Johan war ein zurückhaltender Typ. Er nahm sich in Acht. Er versuchte eine klare Linie zu fahren und sich nicht zu verheddern. Irgendwann einmal hatte Johan Worte des Philosophen Spinoza gelesen: *Ich bewundere oder verabscheue andere Menschen nicht. Ich versuche nur, sie zu verstehen.* So ungefähr.

Diese Worte hatten Johan stark beeindruckt. Und er versuchte, sich nicht zu sehr von anderen Menschen und deren Meinungen beeinflussen zu lassen. Er wollte seinen eigenen Weg gehen, auf dem Boden bleiben, die klare Linie behalten, wie gesagt. Er sagte oft zu sich selbst: Streng dein Hirn an! Überleg erst, was für dich das Beste ist, bevor du etwas sagst oder tust. Er hatte herausgefunden, dass das gut funktionierte. Man konnte es fast überall anwenden, ob man nun morgens den Rucksack packte oder ob man einem wütenden Lehrer antwortete.

Eigentlich habe ich Sixten nichts *versprochen*, dachte Johan. Auch wenn Sixten das vielleicht meint.

Seit zwei Monaten waren die beiden befreundet. Fast jeden Tag kam Sixten nach der Schule rüber zu Johan. Doch nun ging es um die Ferien. Es wäre ja ganz nett, in eine Sporthütte im Gebirge zu fahren, weit weg vom Schneematsch in der Stadt. Selbst wenn...

Nein, das war jetzt vergessen.

Aber zusammen mit *Kennet*? Auf den Gedanken wäre er selbst nie gekommen. Kennets Überheblichkeit war ja schwer zu ertragen.

Aber Johan hatte ein gesundes Selbstbewusstsein. Er wusste, dass er einen IQ hatte, der nicht von Pappe war. Vielleicht, sagte Johan zu sich selbst, konnte man den Kerl ja ein wenig zurechtstutzen. Wenn man ihn mal zu fassen bekam.

Am anderen Ende der Telefonleitung dachte Kennet: *Sixten*. Dieser komische Typ. Ein Hering mit Brille in der 8b. Er ist wahrscheinlich ein Riesen-Mathegenie. Ist Johan deshalb so viel mit Sixten zusammen – um von ihm Mathehausaufgaben abzustauben?

Sixten. Über den sich alle kaputt lachen. Ein weltfremder, kurzsichtiger Typ.

Die Wände in Kennets Zimmer hingen voller Poster. Da waren Männer drauf, die über so was wie Mathe nur müde lächeln konnten. Sie hatten stromlinienförmige Helme auf dem Kopf und saßen auf schweren

Motorrädern. Die machten sicher 200 Sachen oder mehr. Auf einem anderen Poster stand ein Popstar vor einem Mikro, den Oberkörper bis auf eine kurze, schwarze Lederweste und eine Goldkette fast nackt. Mathe – was war das denn? Die Kerle kannten das wirkliche Leben. Die saßen nicht da und pinselten Ziffern in ein Rechenheft.

Kennet teilte die Leute ziemlich schnell in zwei Kategorien ein. Starke und schwache. Mit den Starken musste man sich gut stellen. Über die Schwächlinge konnte man sich lustig machen und sie ärgern. Er grinste verächtlich.

Bisher war ja alles gut gegangen. Sein Leben war ohne jegliche Probleme verlaufen. Er hatte sich noch nie ein Bein gebrochen, war nie ernsthaft krank gewesen und war noch nie sitzen geblieben. Das Schlimmste in dieser Hinsicht war ein entzündeter Pickel.

Er hatte sich noch niemals verliebt, hatte noch keinen Liebeskummer wegen eines Mädchens gehabt, das ihn verlassen hätte. Er hatte weder Prügel noch eine ordentliche Standpauke erhalten. Ihm mangelte es nicht ein einziges Mal an Geld, heilen und sauberen Hosen oder ähnlichem. Er musste niemals mit ansehen, wie jemand, den er besonders mochte, ernsthaft verletzt wurde oder sogar starb.

Seine Mutter hatte er nie kennengelernt; sie starb am gleichen Tag, an dem er geboren wurde. An sie dachte Kennet so gut wie nie.

Johan schien Kennets Gedanken über Sixten lesen zu können. Er sagte:

»Sixten ist manchmal ganz schön anstrengend. Er meckert dauernd. Aber eigentlich wollten er und ich...«

Kennet unterbrach: »Willst du deine ganzen Winterferien für diesen Typ opfern? Komm mit und scheiß auf Sixten!«

Johan hörte nicht hin. Er sagte: »Wir wollten Messungen vornehmen, Sixten und ich. Entfernungen im All. Recht interessant. Sixten hat schon ein paar vorbereitende Berechnungen angestellt, wie groß die Entfernung zwischen Mars und Erde *approximativ* sein kann. Und wie lange eine Schildkröte mit normaler Geschwindigkeit braucht, ein Lichtjahr zurückzulegen...«

Kennet knurrte: »Nimm den Kerl einfach mit! Dann können wir ja alle mal das schlaue Schildkröten-gequatsche hören!«

Seit einem Jahr interessierte sich Johan ganz besonders für Astronomie, also die Wissenschaft über den Weltraum. Es zeigte sich, dass Sixten das gleiche

Interesse hatte – und vieles wusste, von dem Johan keine Ahnung hatte.

Sixten hatte sich riesig darüber gefreut, dass er jemanden gefunden hatte, mit dem er über Milchstraßen und schwarze Löcher sprechen konnte. Sie versuchten, den Abstand zwischen der Erde und irgendwelchen entlegenen Sternen in Lichtjahren zu berechnen, diskutierten den Urknall – also das Entstehen des Universums – und vieles andere.

Johan hatte auch noch einige andere Interessen, Sport, Klavierspielen, Theaterspiel und Computertechnik. Aber für Sixten gab es in der Freizeit nur den Weltraum. Er ähnelte den Computerfreaks, die ganze Nächte allein am Computer verbrachten und spielten. Sein Spielzeug war allerdings kein Computer, sondern ein Teleskop, das er sich zusammengespart hatte. Und ein Berg von Büchern über die Planeten. Sixten hatte keinen Vater, jedenfalls keinen, der mit ihm und seiner Mutter zusammenlebte.

»Hast du niemanden anders als mich, den du einladen kannst?«, fragte Johan.

Kennet räusperte sich wieder. Das war eine Frage, auf die er eigentlich nicht antworten wollte. Die war ein wenig heikel.

Kennet verstand eigentlich auch nicht, warum er nicht mehr Freunde hatte, obwohl er so häufig Eis und Bonbons ausgab oder sogar ins Kino einlud oder zu irgendwelchen Videofilmen. Er, der so super cool war, wie er selbst meinte. Es war ein Geheimnis. Komisch.

Er murmelte: »Messen im Weltraum? Was denn?«

»Hast du nicht gehört, was ich gesagt habe?«, sagte Johan. Kennet zog die Augenbraue hoch, schnaufte in den Hörer und antwortete:

»Ihr könnt doch da oben in der Hütte sitzen und über Sterne und Planeten fachsimpeln. Von den Bergspitzen ist es übrigens näher rauf in den Weltraum!«

Kennet lachte dröhnend. Der Popstar auf dem Poster schaute anerkennend auf ihn runter. Zumindest bis Kennet eine neue Hustenattacke bekam.

Am anderen Ende des Drahtes dachte Johan darüber nach, dass er nur relativ wenig Taschengeld hatte. Wenn er in der Stadt bliebe, würde es nur für die halben Ferien reichen.

Das gleiche galt für Sixten, das wusste er.

»Ist das wirklich richtig im Gebirge?«

»Was denkst du denn, Mann?«, knurrte Kennet. »Meinst du, mein Vater schafft sich etwas Zweitklassiges an?«

Johan hielt den Hörer ein Stück vom Ohr weg, damit ihm von Kennets lauter Stimme das Trommelfell nicht platzte. Die Gebirgswelt war spannend. Weit und einsam. Es gab Rentiere, Luchse, Füchse, Schneehühner und sogar Wölfe dort oben. Das Wetter war wechselhaft und konnte innerhalb kürzester Zeit von Sonne zu Sturm umschlagen. In einem Moment konnte man von der starken Helligkeit schneeblind werden. Im nächsten war man von der tiefen Dunkelheit einer Schneewolke umgeben.

Es gab schwindelerregende Aussichten. Man konnte meilenweit sehen, bis in der Ferne alles zusammen lief und sich in weißem und blauem Dunst verlor. Dort ließen sich Himmel und Berge nicht mehr voneinander unterscheiden. Der Schnee glänzte. Der Mensch war winzig klein wie eine Fliege auf einem Kirchendach. Aber das machte einen nicht niedergeschlagen und deprimiert, sondern es passierte – komischerweise – genau das Gegenteil. Man fühlte sich froh und voller Energie. Soweit es einem nicht schlecht erging und man Angst bekam. Das war ihm, Johan, ein einziges Mal passiert.... Nein, das war nichts, worüber er jetzt länger nachdenken wollte. Er wollte und musste wieder in die Berge. Das war eine Herausforderung.

Beides war eine Herausforderung, die Berge und Kennet.

Er setzte den Hörer wieder ans Ohr und sagte: »Dann kommen wir wohl mit, Sixten und ich. Wenn unsere Eltern es erlauben.«

Kapitel 2

Die mit Freude angenommene Einladung

»Ach, die...!« Kennet rief zufrieden:

»Du bereust es bestimmt nicht! Ich nehme übrigens ein Videospiel mit Raumschiffen und Monstern mit. Raumschiffe – gut, was, Johan?« Kennet lachte über seinen eigenen Scherz.

Johan wollte wissen, wer sonst noch mitkäme. War es jemand, den er kannte? »In der 8b ist Rune Bylund, der soll besonders gut Ski laufen können.«

Kennet antwortete nicht, denn er dachte an jemanden ganz anderes.

Kennet dachte: *Emil.* Obwohl er ihn noch gar nicht gefragt hatte. Aber der würde todsicher ja sagen.

Emil hatte niemanden anderen als Kennet. Emil machte grundsätzlich alles, was Kennet sagte. Er hatte wenige eigene Sachen und war immer dankbar, wenn er was von Kennet ausleihen konnte. Was immer Kennet auch sagte, Emil stimmte ihm zu. Kennet konnte sich so viel über ihn lustig machen, wie er wollte.

»Emil Andersson«, sagte Kennet zu Johan. »Aber bis zu den Ferien ist es ja noch eine Weile hin. Ich hab noch nicht alle fragen können!«

Er wollte hinzufügen: Ich checke erst einmal die, an denen ich am meisten interessiert bin. Aber das sagte er besser nicht. Er wollte Johan nicht unbedingt einen Grund zum Angeben geben.

Dummerweise fiel Kennet auch kaum jemand anderes ein. Besser gesagt, ihm war klar, dass sie nicht zusagen würden, wenn er sie fragte. Sie würden antworten: Ich muss erst zu Hause fragen. Ich rufe dich in ein paar Tagen an. Und dann würden sie nichts mehr von sich hören lassen.

Das war der Dank dafür, dass Kennet sie zu allem möglichen eingeladen hatte. Selbst wenn er sich auf deren Kosten lustig gemacht hatte. Trotzdem...

»Und dann«, setzte er fort. »*Sture Vinge*.«

»Wer ist das denn?«, fragte Johan. »Einer von der anderen Schule?«

Das geht dich doch wohl kaum etwas an, dachte Kennet. Der einzige, der hier alles wissen musste, war er selbst. Schließlich war er es, der hier zu bestimmen hatte.

Kennet wechselte irritiert den Hörer von einer Hand in die andere.

Wissen ist Macht, heißt es. Kennet kannte diesen Spruch nicht. Aber irgendetwas in dieser Art schwebte ihm vor. Der behelmte Motorradfahrer an der Wand, der mit 200 Sachen über die Straße donnerte, nickte zustimmend.

»Was ist denn los? Musst du *jetzt* schon jedes Bisschen rausfinden?«, knurrte er.

Irgend so ein Ski-Ass würde er mit Sicherheit nicht einladen. Der würde da nur rumfahren und glänzen.

Er setzte hinzu: »Ist das etwa so wichtig? Das erfahrt ihr noch früh genug ...!«

Johan schüttelte den Kopf und legte auf.

Die Jungen fuhren mit dem Schlafwagen. So eine Fahrt kannten sie gar nicht, an Schlaf war daher kaum zu denken.

Sixten lag in der mittleren Koje und sehnte sich nach seinen Sternenbüchern. Die waren leider zu Hause geblieben.

Erst hatte er eins davon in die Tasche gesteckt. Doch dann fiel ihm ein, dass er noch ein weiteres brauchte. Und dann noch eins und noch eins... Am Ende war die ganze Tasche voll mit 15 kg Büchern.

Das ging doch nicht! Und so erging es ihm wie der alten Frau mit dem zu schweren Holzbündel. Als sie es anfasste, merkte sie, dass sie das Bündel nicht einmal anheben konnte. Da begann sie, Stöcke aus dem Bündel zu ziehen. »*Schaffe ich den nicht, so schaffe ich auch den nicht*« – und zum Schluss hatte sie kein einziges Stück übrig.

So ließ Sixten alle seine Astronomiebücher zu Hause. Johan hatte ja schließlich gesagt, da oben würden sie nicht lesen, sondern *erleben*. Was auch immer er damit meinte.

Der Zug neigte sich und es knirschte in den Schienen. Sixten tastete nach seiner Brille, die da irgendwo in einem Netz an der Wand lag. Er fragte sich, wie er die wohl finden sollte, wenn der Wagen entgleisen und umkippen würde.

Johan lag auf der unteren Liege. Er hatte sich die selbst ausgesucht, obwohl er wusste, dass die oberste die beste und bequemste war. Aber er wollte Kennet nicht den Gefallen tun, sich um eine so unwichtige Sache zu streiten.

Johan warf sich im Bett hin und her. Seine Gedanken kreisten um Kennet. Er fragte sich, wie das wohl eine ganze Woche lang gut gehen sollte. Er war nicht mehr sicher, dass letztendlich seine Intelligenz siegen würde. Eigentlich hatte er schon jetzt die Nase voll.

Kennet lag ganz oben. Er hatte die obere Koje belegt und Johan dabei herausfordernd angesehen. Aber der saß bereits auf der unteren Liege und wühlte in seiner Tasche, ohne sich überhaupt um Kennet zu kümmern.

Wenn wir nur nicht so viel quasseln müssten, dachte Johan. Wenn alle *klar* denken würden und wir uns mit etwas Wichtigem beschäftigen könnten. Wir müssen endlich planen, wie die Woche im Gebirge aussehen soll.

Den vierten Jungen, Emil, kannte Johan nur vom Sehen. Der war schlecht einzuschätzen. Er hatte noch nicht viel gesagt. Er schien an Kennets Leine zu gehen. Ziemlich unverständlich.

Johan drehte sich auf der schmalen Liege.

Kennet kletterte unaufhörlich die kleine Leiter rauf und runter, mal um sich ein Stück Schokolade aus der Tasche zu holen, um Wasser zu trinken oder zum Klo zu gehen. Und jedes Mal machte er das Licht im Abteil an. Er fand es lustig, wie die anderen mit den Augen blinzelten oder sich zur Wand drehten. Zwischendurch versuchte er Witze zu erzählen.

»Leute, wollt ihr die ganzen Ferien verschlafen?«, brüllte er. »Ich erzähle euch mal einen Gag...« Und dann kam eine Geschichte, ganz ohne Pointe, nur mit Kennets eigenem albernen Gelächter am Ende.

Der einzige, der vielleicht ein Auge zu bekam, war Emil. Der schlief in einem anderen Abteil.

»Mit Emil ist eh nichts los!«, hatte Kennet gesagt. »Und außerdem stinkt's hier dann nicht so, wenn er woanders liegt.«

Wenn Kennet so etwas über ihn gesagt hätte, dachte Johan, dann hätte der von ihm eins aufs Maul bekommen. Aber Emil schaute nur zu Boden und ging schweigend rüber in sein Abteil.

Müde und leicht sauer krochen die Jungen am Morgen aus den Betten. Johan war der einzige, der sich wusch. Im letzten Moment waren sie fertig, um an der richtigen Station auszusteigen.

Hier oben war es bedeutend kälter als unten in der Stadt. Die Kälte kniff in die Ohren und kroch durch die Kleidung.

Sie mussten auf Sixten warten, der in seinem Gepäck kramte, um einen zusätzlichen Pullover anzuziehen. – »Sonst drehe ich um und fahr nach Hause.«, sagte er und sah so aus, als würde er das auch machen. Kennet zuckte die Schultern.

Es lag eine dicke Schneedecke. Die Leute hatten riesige Fellmützen auf dem Kopf, die aussahen, als würden sie 10 kg wiegen. Die Autos auf dem Parkplatz, die gerade nicht benutzt wurden, waren an Pfähle gebunden. Nein, nicht angebunden. Es waren Stromkabel für die elektrischen Heizungen, damit die Motoren bei der Kälte nicht kaputt froren. Emil schüttelte sich wie ein frierender Hund und sah unglücklich aus.

»Reißt euch zusammen, Leute!«, brüllte Kennet.

Er zeigt zumindest ein wenig Unternehmungsgeist, dachte Sixten. Kennet hatte schließlich recht; es brachte nichts, hier rum zu stehen und fest zu frieren.

Verglichen mit der großen Stadt, aus der sie kamen, war dies eine unwirkliche Landschaft. Großartig und schön. Kennets drei Gäste fragten sich insgeheim, wie es wohl werden würde. Was würde alles passieren?

»Ist Sture Vinge nicht mitgefahren?«, fragte Johan. Kennet antwortete nicht sondern stürmte voran aus dem Bahnhof.

»Wir nehmen uns jetzt als erstes ein Taxi«, sagte er. »Und holen den Hüttenschlüssel von dem, der die Bude sauber macht.«

Es gab mehrere Taxis. Sie quetschten sich alle in eins.

Kennet zog einen Zettel raus und nannte dem Fahrer die Adresse.

»Frau Ragna Westerlund, Skogsstig in Utterby.«, sagte er.

Der Taxifahrer nickte. »Die kenne ich«, sagte er. »Da wohnen nicht so viele Nicht-Touristen.«

»Na, dann gib Gas!«, sagte Kennet.

Der Fahrer sah ihn verwundert an, sagte aber nichts. Er fuhr 10 Minuten und hielt dann auf dem Hof eines kleineren Mietshauses. »Sie wohnt da oben.«

Kennet drehte sich um und sagte zu Sixten und Emil auf dem Rücksitz: »Ihr beide könnt mal zu der Tante raufgehen und den Schlüssel holen. Sie weiß Bescheid.«

Er grinste. »Das ist kein besonders anspruchsvoller Job. Johan und ich bleiben so lange hier und denken ein wenig nach.«

Sixten hatte keine Lust zu protestieren und stieg aus. Emil kam nach. An der Tür suchte Sixten nach dem Namen Westerlund und fand ihn im ersten Stock.

Auf der Treppe hörte man Schritte. Sie sahen ein Mädchen in ihrem Alter die Treppe runter rennen.

»Sucht ihr jemanden?«, fragte sie.

Sixten nickte. »Frau Ragna Westerlund.«

»Das ist meine Mutter. Ah ja – da sollten welche unten aus der Stadt den Schlüssel für eine Skihütte holen.

Das seid ihr ...?« Das Mädchen musterte Sixten neugierig. »Ist dein Vater Ögrens Sport & Jagd?«

Sie lächelte ihn an, freundlich aber ein bisschen vorwitzig. Sixten schaute zurück. Das Mädchen hatte rötliches Haar, zu zwei Zöpfen geflochten, ein wenig wie Pippi Langstrumpf. Aber ohne Sommersprossen und mit Augen so groß wie kleine Seen. Sie war langbeinig wie ein Hochspringer. Sixten konnte es nicht lassen, den Blick ein wenig weiter runter wandern zu lassen. Ja, obwohl sie ziemlich dünn war, waren da zwei Beulen unterm Pullover.

Sixten wusste so gut wie nichts über Mädchen, außer dass bei denen die Tränen oft locker saßen...

»Wie hhh...eißt du?« Er bekam kaum die Worte raus.

Sie lachte. »Du hast wohl Probleme mit der Höhenluft, wie? Also, ich bin Mia.«

»Ich bin Sixten und das hier ist Emil.«

Mia schaute kurz zu Emil, aber dann wieder zurück zu Sixten. Aus irgendeinem Grund ließ sie ihren Blick besonders intensiv auf Sixten ruhen.

An so etwas war der wahrhaftig nicht gewöhnt. Eigentlich nahmen die Mädchen kaum Kenntnis von seiner Person.

Er vermied es, Mia in die Augen zu sehen, und studierte interessiert die Klingelschilder. Aber nach ein paar Sekunden starrte er sie wieder an.

Das Mädchen sah aus, als würde es einen Moment nachdenken, und warf die Zöpfe zurück.

»Ihr Großstadttypen seid sicher ziemlich verwöhnt...«

»Wie meinst du das?«

»Wenn du hier oben deine Ferien verbringst...«, sagte das Mädchen und blinzelte. »Hast du vielleicht Lust auf eine Party bei uns? Morgen Abend? Es wäre...«, nun wurde ihre Stimme ein wenig heiser, » ...*cool* mal ein paar neue Gesichter zu sehen...«

»Doch... na klar!«, sagte Sixten eifrig. »Ich komme gern. Kommen noch andere?« Er wurde rot. »Ich meine: Wie viele kommen sonst noch?«

»So an die 30 Leute«, antwortete das Mädchen. Sie sah fröhlich aus und zeigte in eine bestimmte Richtung. »Dahinten, ungefähr ein Kilometer weg, liegt das Hochgebirgshotel. Wir sind da im Partykeller. Meine Eltern arbeiten ab und zu im Hotel, so... Getränke müsst ihr selbst mitbringen. Und 25 Kronen für Eintritt, Würstchen und Brot.«

»Mehr gibt's nicht zu essen?« Emil erwachte zum Leben.

»Wir sind doch nicht zum Futtern da«, sagte Mia. »Wenn einer mehr haben will, kann er ja nach oben ins Hotel gehen und sich da was bestellen.«

Sie blickte Emil kurz an und sagte: »Ihr beide kommt doch, oder?«

Als Emil nicht antwortete, zog sie einen kleinen, grünen Kartenblock aus der Tasche.

»Die Eintrittskarten«, sagte sie. »Wie heißt du?«

Sixten hatte das Gefühl, das hässliche und hallende Treppenhaus verwandele sich in einen Ballsaal. Das Mädchen gab ihm einen sanften Knuff vor die Brust. »Was für eine Musik magst du?«

»Sixten«, sagte Sixten. Sein Hirn rotierte, er kam nicht auf einen einzigen Musiktitel. Außerdem kannte er auch gar nicht so viele Interpreten. Stevie Wonder? Imperiet?

Emil sagte, wie er hieß, und das Mädchen schrieb beide Namen auf zwei der grünen Karten. Sie unterschrieb mit einem geheimnisvollen Mia-Gekrakel.

»Es ist meine Party«, sagte sie. »Kommt ihr denn?« Emil hatte sich schon halb umgedreht und scharrte mit den Füßen. Er sah aus, als wolle er das Gespräch jetzt beenden. Aber in Sixten wuchs die Vorfreude. Ihn interessierte weniger die Party, er freute sich darauf, Mia wieder zu treffen. Sein Verstand, der sonst lieber im Weltraum herumschwirrte, sagte ihm kühl: Du wirst sicherlich enttäuscht. Aber dieses Mal kümmerte sich Sixten nicht darum.

»Ich komme todsicher!«, sagte er.

Emil sah die Treppe hoch: »Ich gehe und hole den Schlüssel.«

Mia und Sixten blieben allein.

»Gehst du oft auf Feten?«

»So gut wie nie«, antwortete Sixten.

»Und warum nicht?«

»Mit Frauen kenne ich mich nicht aus.«, sagte er.

»So schwierig sind wir gar nicht!« Das Mädchen lachte und verschwand durch die Tür. Als Emil zurückkam, sagte er – jetzt erst:

»Vielleicht will Kennet auch mit. Warum hast du nicht daran gedacht, als wir die Eintrittskarten gekriegt haben? Bist du echt sicher, dass du auf die Party gehst?«

Kennet und Johan hatte Sixten total vergessen, als er mit Mia sprach. Das war unfair. »Schitt!«, sagte er. Aber zerstreut. Der Gedanke an die Feier beschäftigte ihn. Er sah Mias Zöpfe vor seinen Augen flattern. Ein *Mädchen*, dachte er und ließ sich das Wort auf der Zunge zergehen.

Als Sixten und Emil durch die Haustür verschwanden, brummte der Fahrer etwas Unverständliches und stieg aus. Johan sah, wie er eine Zigarette anzündete und einen tiefen Zug nahm.

Kennet wendete sich Johan zu. »Du«, sagte er. »Man könnte die beiden Leichtgewichte ein wenig auf den Arm nehmen. Meinst du nicht?«

Johan sah ihn fragend an. »Welche Leichtgewichte?«

»Ich dachte, wir beide könnten an einem Abend mal mit Emil und Sixten in den Wald rausfahren oder hoch ins Gebirge. Und dann...« Kennet kicherte. «...ihre Skistöcke schnappen und abhauen. Dann müssen sie irgendwie zurückkommen. Wir könnten uns ein Stückchen entfernt verstecken und zugucken, wie sie sich anstellen. Lustig!«

Johan schaute auf den Boden. »Nein«, antwortete er kurz.

»Aber wir können sie mal ordentlich einseifen!« Kennet schlug ihm auf die Schulter. »In einen Schneehaufen einbuddeln und sehen, wie lange sie brauchen, um wieder raus zu kommen. Das wär´ doch cool! Und für die beiden Waschlappen eine prima Übung...«

Johan hob den Kopf und starrte Kennet an.

»Vergiss es! Mit Emil kannst du von mir aus machen, was du willst. Aber Sixten ist mein Kumpel!«

Kennet räusperte sich ausgiebig, sagte aber nichts.

Nun kamen Sixten und Emil zurück. Emil warf einen Schlüsselbund auf Kennets Knie.

»Erledigt!«

Kapitel 3

Schicke Hütte

»Gut«, sagte Kennet. »Dann ab zur Hütte. Los!«

»Morgen Abend müssen Sixten und ich noch mal zurück«, piepste Emil. Sein Blick flackerte. »Da war ein Mädchen, das hat uns zu ihrer Party eingeladen...«

»*Was*?«, explodierte Kennet. Der Taxifahrer trat erschreckt auf die Bremse. »Ihr beide wollt auf eine Party? Und ich? – Morgen habe ich Geburtstag!«

»Mein Fehler«, sagte Sixten. »Ich habe nicht daran gedacht... zu fragen, ob wir alle vier kommen können...«

»Das war dieses Mädchen«, murmelte Emil. »Die hat Sixten so umgehauen, dass er alles andere vergessen hat...«

»Blödsinn!« Sixten wurde rot. Johan grinste aber sagte nichts.

Emil nahm seinen grünen Zettel und gab ihn Kennet.

»Herzlichen Glückwunsch!«, sagte er. »Du kriegst meine Eintrittskarte.«

Kennet steckte sie zufrieden ein. »Hier in der Prärie ist girlsmäßig sicher auf einer Fete ´ne ganze Menge los«, sagte er. »Sixten und ich können ja mit den Eintrittskarten vorfahren und ihr beide kommt dann nach. Ihr schafft es sicher, rein zu kommen, so süße Kerle, wie ihr seid!«

»Ich fänd´s cool, mal ein paar Leute zu treffen«, sagte Johan. »Hinterher sind wir ja sozusagen – allein im Gebirge...«

»Das Mädchen da, sieht sie gut aus?«, johlte Kennet. »Das wäre bestimmt was für mich...!«

»Was für eine super Hütte!«, stieß Emil aus und wendete sich Kennet zu. »Du bist echt klasse! Die ist wirklich allererste Sahne!"

Sie waren den ganzen Weg vom Bahnhof bis hier rauf mit dem Taxi gefahren. Die Kosten dafür übernahm

Kennets Vater ebenfalls. Es war ein langer Weg, vorbei an einigen großen Hotels und Feriendörfern.

Die Hütte selbst lag ein wenig abseits und allein, in der Nähe eines Bergabhanges. Kennet zeigte auf eine große, weiße, leere Fläche in der anderen Richtung.

»Ein Gebirgssee, von dem gehört auch ein Teil der Firma! Mein Vater sagt, er ist voller Lachsforellen, die man hier angeln kann.« Kennet starrte Sixten an, der Probleme mit dem Nebel auf seiner Brille hatte. »Weißt du, was *Fan Wing* ist?«

»Können wir jetzt reingehen?«, fragte Sixten. »Wo sind die Schlüssel? Es ist kalt hier!«

»*Fan Wing* ist eine Fliegenfischfliege, mit der man hier prima was fängt, Mann. Aber du hast natürlich keinen blassen Schimmer vom Fliegenfischen!«

Sixten antwortete nicht. Er hoffte, Johan würde mal den Mund aufmachen. Kennet hatte einen unangenehmen Ton an sich. Sixten war schließlich Johans Kumpel und war nur mitgekommen, weil der ihn darum gebeten hatte. Johan war jetzt lange genug still gewesen. Er könnte Kennet endlich mal sagen, er solle seine dummen Sprüche lassen.

Aber nichts dergleichen. Johan stand nur da und zuckte die Achseln; ihm schien es nicht gut zu gehen.

»Du könntest ja nicht mal die Angel halten«, setzte Kennet fort. »Mit deinen schwachen Ärmchen!«

Endlich rührte sich Johan. Er knurrte Kennet zu: »Jetzt ist jedenfalls keine Saison fürs Fliegenfischen. Also, kein Thema – mitten im Winter!«

»Genau!«, sagte Kennet. »Mitten im Winter! Hähä! Man kann sich nackt im Schnee wälzen, wenn man in der Sauna war! Mein Vater sagt, auf der Rückseite des Schuppens gibt´s eine. Toll, was?« Kennet gab Sixten einen Knuff.

Sixten stapfte los. »Nie im Leben! Ich habe keine Lust, nackt draußen rumzulaufen und mich tot zu frieren!« Er schüttelte sich. »Können wir jetzt nicht reingehen?«

»Man sieht gar keinen Skilift hier in der Nähe«, sagte Johan.

»Nee. Mein Alter dachte an richtige Gebirgstouren. Lifte und Pistenscheiß gibt's anderswo genug. Wenn man so was will!«, kläffte Kennet.

Die Lage des Hauses war wunderbar und das Innere mindestens ebenso.

Ein Aufenthaltsraum – ein Wohnzimmer – mit Balkenwänden, Rentiergeweihen und einem gewaltigen, offenen Kamin. Es gab eine Küche mit Kühl- und Gefrierschrank, rostfreier Spüle und allen Finessen. Stereofarbfernsehen. Inklusive Videorekorder. Man konnte doppelt duschen, in zwei Badezimmern, warm oder kalt. »Gibt's noch jemanden, der vorhat, kalt zu duschen?«, fragte sich Sixten. »Ich jedenfalls nicht...!«

Johan runzelte mürrisch die Stirn. Vielleicht ging ihm Sixten leicht auf die Nerven.

»Man kann abwechselnd warm und kalt duschen«, sagte er säuerlich. »Das ist gut für den Kreislauf. Man fühlt sich hinterher fit und friert nicht so leicht. Hast du das noch nie ausprobiert, Sixten?«

»Du redest wie ´ne Schulkrankenschwester«, sagte Kennet. »Wir sind hier, um Spaß zu haben. Nicht um irgendeinen Gesundheitspreis zu gewinnen...!«

Sixten starrte Johan an. Eiskaltes Wasser – meinte Johan das im Ernst?

Sie entdeckten sechs Schlafräume mit einer Menge Betten.

»Wo sollen wir denn schlafen?«, fragte sich Emil. »Du und ich in einem Raum, Kennet? Und Sixten und Johan in einem anderen?«

»Sexy-Sixy«, sagte Kennet zu Sixten. Kennet freute sich, das Wort gefiel ihm. Da hatte er was Nettes gefunden. »Sexy-Sixy – du hast doch solche Angst, dich nackt beim Baden zu zeigen. Du brauchst vielleicht einen eigenen Raum, um dich auszuziehen?«

Sixten kniff die Lippen zusammen. Johan warf ein:

»Wenn wir hier so viele Schlafplätze haben, dann möchte ich gern ein eigenes Zimmer. Ich lese gewöhnlich noch spät.«

»Seid ihr zum *Lesen* hierhin gekommen, Leute? Ich dachte, wir wollen relaxen. Oder wie, Kennet?«, fragte Emil. Er war ein richtiger Nachmacher; er hatte den gleichen stichelnden Tonfall wie Kennet.

»Jetzt müssen wir endlich in Gang kommen«, sagte Kennet plötzlich. »Emil und du, Sixten, nehmt euch mal den Kühlschrank vor und die Kiste, die wir mitgeschleppt haben! Ich möchte jetzt einen Kakao. Und Butterbrote mit Käse und Leberwurst. Zum Video-Gequatsche.«

»Was für ein Video-Gequatsche?«, fragte Johan.

Kennet verdrehte die Augen.

»Mein Vater ist so'n armer Irrer. Er hat eine Videokassette bespielt, mit sich selbst in der Hauptrolle. Er *spricht* zu uns. Ich musste versprechen, dass wir uns das anhören...«

»Das ist ok«, sagte Emil. »Schließlich bezahlt er ja alles.«

»Macht ein bisschen dalli mit dem Fraß!« rief Kennet. »Johan und ich machen schon mal das Video klar.«

Kennet hatte vor, Johan ein wenig mehr in Beschlag zu nehmen, so lange die anderen weg waren. Er wollte ihn auf irgendeine Art und Weise möglichst schnell zu seinem Kumpel machen. Emil wollte er Sixten überlassen oder umgekehrt. Bisher hatte er aber mit Johan kein Glück. Und nun sah Johan sauer aus, aus welchem Grund auch immer. Er starrte Emil und Sixten nach, die gerade die große Kiste in die Küche schleppten. »Du schaffst das mit dem Video allein, Kennet«, murmelte er. »Ich gehe und bringe schon mal die Rucksäcke in unsere Zimmer. Dann ist das erledigt.«

Johan drehte ihm den Rücken zu. Kennet wurde so wütend, dass es ihm den Hals zuschnürte. Er hob das Bein, um Johan kräftig in den Hintern zu treten. Aber er hielt sich zurück. Nicht jetzt! Dazu hatte er noch die ganzen nächsten Tage Möglichkeiten genug, wenn Johan sich weiter so anstellte.

Aber dann einen härteren Tritt.

Draußen in der Küche schnitt Sixten das Brot und schmierte Butter drauf. Emil verteilte den Belag.

Sixten hörte auf zu schneiden.

»*Magst* du Kennet wirklich?«, sagte er.

Emil schaute von seiner Leberwurst nicht auf. – »Und du?«, fragte er mit leiser Stimme. »Du bist mit hier rauf gekommen und nun stellst du fest, er ist die Pest?«

Sixten verstand nicht richtig. Er kratzte sich mit dem Messer im Nacken.

»Wie kommst du darauf...?«, sagte er.

Emil unterbrach ihn. »Freunde wachsen nicht auf den Bäumen. So furchtbar viele gibt es nicht...!«

»Aber warum ist Kennet nur dauernd so nervig?«, sagte Sixten. »Hat er Zahnschmerzen oder was?«

Emil zuckte mit den Schultern. »Vielleicht ändert sich das ja später. Wenn er... euch ein wenig besser kennt. Kennet ...« Emil suchte nach den richtigen Worten. Er sprach so leise weiter, dass man ihn kaum verstehen konnte: »Kennet... er muss einfach Leute triezen...«

»Ja. Als wenn er ein Kendoschwert in den Händen hielte«, Sixten machte eine gefährliche Bewegung mit dem Brotmesser. »... und andauernd fechten müsste...«

»Genau.« Emil nickte. »Und sticheln. Sonst geht's ihm nicht gut.«

»Und wie es den anderen dabei geht, das ist ihm scheißegal.«, antwortete Sixten.

Emil meinte wohl, dass sie jetzt genug hinter Kennets Rücken geredet hätten. Er schnaufte. »Man hat ja die Wahl, ob man mitmachen will oder nicht. Das hier zum

Beispiel ist ja sein Haus, sein Zeug.« Emil warf Sixten einen feindlichen Blick zu. »Schließlich seid ihr freiwillig mit hierher gekommen...«

Er beugte sich über seine Leberwurst und schmierte weiter.

Emil trug einen großen Teller mit belegten Broten und zwei Kakaotassen. Die stellte er vor Kennet und sich selbst. »Das ist für Kennet und mich. Ihr anderen könnt eure Sachen selbst holen.«

Kennet startete den Videorekorder.

Sein Vater erschien auf dem Bildschirm. Er hatte das gleiche, große bleiche Gesicht wie Kennet. Er sah müde und gestresst aus, und spärlich behaart. Er trug einen schicken Schlips mit einer großen Krawattennadel. Viel mehr sah man praktisch nicht. Unter der Nase hing ein schwarzer Schatten. Offensichtlich hatte er die Beleuchtungslampen ein wenig falsch eingestellt.

Er lächelte seinen unsichtbaren Zuschauern freundlich zu.

Herzlich willkommen, Jungs, in der Sporthütte unserer Firma, sagte er vom Band. *Ich hoffe, Kennet hat euch alles gezeigt und euch gut versorgt...*

Kennet lachte spöttisch. »Glaubt er etwa, ich bin euer Bimbo, hä?«

Ob Kennet wohl gut mit seinem Vater klar kommt, fragte sich Sixten. Ein kurzer Gedanke ging ihm durch den Kopf: Es gibt andere, die haben überhaupt keinen.

Kennets Vater redete weiter. *Es wäre lustig gewesen, bei euch zu sein und zu feiern ... Kennets Geburtstag meine ich...*

Emil machte ein betroffenes Gesicht.

»Dass du Geburtstag hast, Kennet, das hättest du sagen müssen. Dann hätten wir ein Geschenk besorgt...!«

Kennet räusperte sich. Er sagte rau: »Vergiss es. Jetzt sind wir hier und machen einen drauf. Sexy-Sixy, du haust dir ja die Brote rein! Obwohl du so mickerig bist. Das sieht ja aus, als hättest du noch nie vorher Essen gesehen!«

Er beugte sich vor und schnappte sich ein Käsebrot von Johan und Sixtens Teller, da sein eigener leer war.

... aber die Arbeit hindert mich leider daran ..., erzählte Kennets Vater weiter vom Video.

»Er ist nett«, sagte Emil. »Was allein die Essenskiste da drinnen gekostet hat...!«

»Klappe«, sagte Kennet. »Er kann sich das erlauben, weil er scheißreich ist. Er macht ja nichts anderes als arbeiten, den ganzen Tag, an den Abenden und auch an den Wochenenden…!«

»Damit es dir gut geht«, fügte Sixten leise hinzu.

»Es ist super, dass er so viel arbeitet!« Kennet lachte hart. »Dann muss ich ihn nicht so oft sehen. Er fängt an, langweilig auszusehen. Fett und mit Halbglatze. Er stöhnt bei jeder Bewegung.« Kennets Lachen klang leicht beschämt. »Und so einer verkauft Sportsachen! Letzte Woche habe ich zu ihm gesagt: Nimm dir mal ein paar Hanteln oder lauf mal 500 m durch den Wald. Du siehst aus wie ein alter, verstaubter Kerl, der jeden Moment zusammenbricht. Aber er schüttelte den Kopf und meinte: Wenn ich Zeit habe, wenn ich Zeit habe… Der bekommt seine Zeit, wenn er tot ist!«

Und, sagte die Stimme vom Band, *ich hoffe, dass diese Woche im Gebirge eure Freundschaft vertieft. Dass ihr hinterher die Kunst selbst klarzukommen, besser beherrscht…*

»Nun reicht es aber mit dem Gerede!« rief Kennet. »Lasst uns raus gehen und die Gegend erkunden!«

»Wir müssen deinen Vater bis zum Ende anhören.«, sagte Johan. »Vielleicht hat er noch was Wichtiges zu sagen.«

»Äh«, antwortete Kennet. »Schluss damit, sagte ich!« Er stand auf. Aber Johan war schneller. Er drückte die Pausentaste des Rekorders, sodass das Band stehen blieb. Kennets Vater mitten in einem Satz mit offenem Mund.

Es wurde plötzlich still und spannungsgeladen im Raum.

»Genau«, grinste Kennet. »Stell ab!«

Aber Johan starrte Kennet ärgerlich an. »Also, hört mal zu. Wir müssen mal darüber reden, wer hier bestimmt. Wer entscheidet was...?«

»Wieso? Das ist doch die Hütte von Kennets Vater.«, unterstrich Emil mit seiner piepsigen Stimme. »Kennet darf...«

Johan unterbrach ihn: »Ich war mir von vornherein nicht ganz sicher, ob ich mit hierauf fahren sollte. Daran erinnerst du dich sicher, Kennet? Wenn es so ist, dass du über alles entscheidest, fahre ich sofort wieder nach Hause!«

Das Grinsen war aus Kennets Gesicht verschwunden.

»Cool bleiben, Leute«, sagte er. »Wir können uns das Band bis zu Ende ansehen.«

Aber Johan war noch nicht zufrieden. Er hob die Hand. »Es geht darum, wer hier etwas beschließen kann.«

»Mach du es doch selbst – wenn dir danach ist«, sagte Emil mürrisch und starrte auf den Fernsehschirm. Kennet sagte verletzt:

»Ihr könnt alles bestimmen. Absolut alles! Ich habe vor, es ruhig angehen zu lassen. Ich kenne mich zwar mit den Sachen hier am besten aus. Aber das spielt ja keine Rolle. Ihr könnt über jeden Kleinscheiß abstimmen, wenn ihr wollt!«

Johan zeigte mit dem Finger auf ihn. »Versprichst du, hier nicht den Chef spielen zu wollen?«

Kennet antwortete nicht. Er ging und machte das Video wieder an.

Sixten atmete aus. Die Atmosphäre im Raum war so gespannt gewesen, als wenn gleich eine Schlägerei ausbrechen oder - noch schlimmer - ein Messer gezückt würde. Nun löste sich die Spannung auf. Aber er hatte das Gefühl, dass die Sache noch nicht erledigt war. Er sagte nichts, er wollte jetzt nicht weiter darüber nachdenken. Er war satt und ein wenig schläfrig.

Die Bergwelt ist hart – besonders im Winter, kam es von Kennets Erzeuger. Er fuhr sich mit der Hand durch das dünne Haar und sah ernster aus. Seine Wangen hatten eine leicht grüne Farbe.

»Vor allem brauchen wir Regeln über die Touren, die wir machen wollen, meine ich«, fügte Sixten ein. »Was für Sachen muss man mitnehmen? Welche Strecke kann man schaffen? Ich war noch nie auf einer Bergtour, weder im Winter noch im Sommer.«

Johan holte tief Luft, sodass es sich wie ein Seufzer anhörte. Sixten schaute verwundert. »Ich aber.«, sagte Johan.

Emil hatte sich in einen tiefen Sessel geworfen und – nach einem Blick auf Kennet – die Füße auf den Tisch gelegt. »Schade, dass dein Vater so wild darauf ist, dass wir rausgehen, Kennet. Ich würde viel lieber die ganze Zeit drinnen bleiben und es mir gemütlich machen. Es gibt ja eine Menge Spiele hier und so...« Er wendete sich Johan zu. »Wie oft denn, wenn man fragen darf?«

»Ein Mal«, antwortete Johan. Seine Stimme war angespannt. »Papa, Mama und ich. Es war ein Ostersamstag. Wir hatten uns verirrt und mussten die Nacht ... in so einem Windschutz, in einer kleinen Nothütte... verbringen.« Johan schwieg einen Moment. »Es war alles ziemlich schrecklich. Es war nämlich eiskalt. Und es stürmte ... wir schafften es noch bis in den Unterstand ... aber da ... man konnte nicht einen Meter weit sehen...«

»Da hattest du eine Scheißangst, wie? Hähä«, sagte Kennet.

»Scheußlich, bei so einem Wetter draußen zu sein!«, stieß Sixten aus.

»Am nächsten Tag wurde es besser. Wir konnten runter zum Hotel. Und ... danach blieben wir besser da in der Nähe...«

»Und du, Kennet?«, fragte Emil. »Du warst sicher schon oft draußen?«

»Massenweise. Hunderte Male. Mit Skiern und ohne.«

»Und wo?«

»Hoch im Gebirge wie hier. Und in Österreich, der Schweiz und in Frankreich...!«

Die anderen schauten ihn schweigend an. Sie fragten sich, ob das stimmte oder nicht. Er hatte noch nie erzählt, dass er ein solcher Wintersportheld war.

Kennet strampelte mit den Beinen in der Luft und lachte aus vollem Hals.

»Ha ha! Ruhig, ruhig! Euch könnte ich sogar mit verbundenen Augen führen. Aber habe ich euch nicht erzählt, dass Sture Vinge kommt?«

Johan setzte sich hin. »Du hast etwas von einem Sture Vinge erzählt. Wer ist das?«

»Das kommt sicher noch auf dem Video.« Kennet verzog das Gesicht. »Ich habe ja versucht, Papa davon zu überzeugen, dass wir auch allein klar kommen. Wirklich ... also meckert nicht mit mir...!«

Damit die Bergtour ein wirklich unvergessliches Erlebnis wird, setzte das Band fort, *hat Sture Vinge versprochen rauf zu kommen und euch zu führen. Ihr werdet um den See und die lange Bergseite hoch gehen, über den Kallimakke-Pass und zur Gråtjokk-*

Hütte. Dort werdet ihr übernachten. Das wird ein fantastischer schöner Marsch, sagte der Vater weiter. *Sich zu dieser Jahreszeit in diese Wildnis zu begeben, birgt einige Risiken. Bei bestimmten Wetterlagen besteht Lawinengefahr. An einer Stelle des Weges gibt es eine Schlucht, die unter dem Schnee versteckt sein kann. Sie ist tückisch, wenn man sie nicht kennt. Sture weiß, wo sie ist, und kennt auch alle anderen Gefahren. In seiner Gesellschaft seid ihr sicher. Und ihr habt viel mehr von der Tour, als wenn ihr sie auf eigene Faust unternehmen würdet... Ich hoffe, ihr benehmt euch, und macht, was er sagt. Für den Fall, dass trotz allem etwas passieren sollte, schicke ich einen kleinen Beutel mit. Das Neuste vom Neuen, das euch vielleicht eine große Hilfe sein kann. Viel Glück, Jungs! Ein dreifaches Hoch für meinen Sohn Kennet von mir, der ja leider am Geburtstag nicht bei ihm sein kann. ... Ich hoffe... ich hoffe, ihr habt eine herrliche Tour...!*

Der Bildschirm wurde schwarz. Johan schaltete den Rekorder ab.

Emil verzog das Gesicht. »Kennet können wir nicht einfach hier in der Hütte bleiben? Was essen, spielen und es uns gemütlich machen? Und ihr habt ja auch noch die Party da ... Eine Gebirgstour - neeeh, ich weiß nicht...« Er machte ein Gesicht, als hätte er in eine Zitrone gebissen.

Sixten nickte. »Für mich wäre das auch ok. Das scheint gefährlich zu sein. Wenn hier oben die Sonne scheint, kann man vielleicht draußen an der Südseite sitzen und ein paar Stunden lesen... Das ist...«

»Äh, Leute – was seid ihr denn für Schlafmützen?«, sagte Johan. »Was denkt ihr denn? Wenn man im Gebirge ist, muss man auch bereit sein, sich ein wenig anzustrengen. Man kann doch nicht den ganzen Tag in der Bude hocken! Sonst hat man doch gar nichts davon! Oder was sagst du, Kennet?«

»Ich bestimme hier nicht allein!«, grinste Kennet. »Sture Vinge ist ein knallharter Sportstyp. Der macht euch Beine. Der kommt morgen Abend, mit seinem Auto.«

Kennet grinste noch breiter: »Genau wie in dem Western ‚Jenseits des Gesetzes'. *Erwartet keine Gnade, Männer.*«

Sixten erschauerte. Kennet höhnte: »Du bist ein richtiges Weichei, Sexy-Sixy. Bist du das erste Mal ohne Mama unterwegs? Am besten gehst du jetzt und legst dich auf dein kleines Rosenohr, damit du morgen fit bist...!«

Johan stand auf, streckte sich und gähnte herzhaft. »Ich schlage vor, dass wir das jetzt alle machen. Ich bin auch müde. Das ist die Gebirgsluft. Und morgen Abend ist die Party...«

»Die Betten sehen prima aus.«, bemerkte Emil.

»Zum Glück hast du hier nicht das Sagen, Johan.« rief Kennet. Er schüttelte widerwillig den Kopf. »Ich habe ein neues Videospiel mitgenommen. Das probieren Emil und ich jetzt aus!«

Emil versteckte ein Gähnen hinter seinem Pulloverärmel. »Das wird ... das wird cool«, murmelte er.

Kapitel 4

Mia

Einer nach dem anderen kam direkt aus dem Bett zum Frühstückstisch, mit dem Schlaf noch in den Augen. Johan war früh wach geworden und hatte sich um das Essen gekümmert. Sixten dachte: Braver Junge! Aber dann sah er den Inhalt des Kruges auf dem Tisch.

»Etwas Milch wäre ja schön.« sagte Sixten leise.

Er war müde, denn er hatte auch in dieser Nacht nicht besonders gut geschlafen. Das Bett war bequem, die Matratze in Ordnung; das war es nicht.

Zu Hause in der Stadt wohnte Sixten an einer großen Straße, wo die Autos Tag und Nacht fuhren. Die hörte Sixten natürlich gar nicht mehr; ihr Brummen vereinigte sich zu einem ständigen Hintergrundgeräusch. Deutlich zu hören war dagegen das Donnern der Busse der Linie 41, die runterschalteten und um Sixtens Hausecke fuhren. An den Abenden stellte er sich gewöhnlich vor, das sei eine Rakete in der Erdumlaufsbahn, die in gleichmäßigem Zeitabstand vorbeiflog. Eine Straßenlaterne schien durch den Gardinenspalt und konnte ein naher Stern sein.

Hier außerhalb der Hütte war es so ungewohnt still und dunkel. Absolut lautlos und kohlschwarz. Sixten hatte die Geschichte vom Leuchtturmwärter gehört, der aufwachte, als das Nebelhorn seines Turmes *aufhörte* zu tuten. Genauso fühlte er sich.

Und – vielleicht hatte er ein wenig zu viel an die Party gedacht, zu der sie am Abend fahren wollten. Und Mia...

Na, so schlimm war es nicht.

Ein wenig Milch am Morgen, wie er es gewöhnt war, oder warmer Kakao, das wäre bedeutend schöner gewesen als *Saft*.

»Finde ich auch«, sagte Johan. »Aber ich habe keine gefunden.«

Ohne sich um Johans Bemerkung zu kümmern, mit
Butterbrot im Mund, zischte Kennet Sixten zu:

»Du kapierst einfach nichts, Sexy-Sixy. Auf eine
Gebirgshütte schleppt man doch keine Milch! Aber
wenn du gerne etwas *tragen* möchtest, kannst du das
bald...!«

Emil schaute aus dem Fenster. Er gähnte und sank auf
seinem Stuhl zusammen. Er schien den Anblick des
gewaltigen Gebirgszuges nicht zu mögen.

Kennet rülpste und schob den Teller von sich.

»Welcher Idiot ist eigentlich so früh aufgestanden?«,
sagte er. »Heute wollten wir doch faulenzen...«

Kapitel 5

Ein lila Band

Als der Bus ankam, verschwand Johan in Richtung
Stadt. Kennet und Sixten suchten schweigend den Weg
zu dem Hotel. Draußen brannten Fackeln. Ob es Mia
gewesen war, die sie dahin gestellt hatte, fragte sich
Sixten.

Die Dame im Empfang sagte, sie sollten den Fahrstuhl runter in den Keller nehmen und dann nach links gehen. Dort fände die Schülerparty statt.

»Schülerparty!« schnaubte Kennet. »Haben die etwa auch Lehrer dabei?«

Drunten hörte man schon von weitem ein lautes Dröhnen. Sie kamen zu einer Tür im Korridor. Da drinnen musste es sein! Im Gang an einem kleinen Tisch mit Aschenbechern standen einige Jungen und Mädchen und rauchten. Der Partyraum selbst erschien völlig dunkel. Drinnen donnerte die Musik. Ein Typ in schwarzgrauem Anzug und mit wassergekämmtem Haar stand an der Tür. Er sah wie ein Klassensprecher aus. Er nahm ihre Eintrittskarten.

Er sagte: »Ich kenne euch nicht. Aber wenn ihr Karten habt, seid ihr herzlich willkommen.«

»Wieso? Haben nicht alle welche?«, fragte Kennet.

»Ganz schön viele Leute hier«, sagte Sixten.

»Die von der anderen Klasse sind ohne Eintrittskarten rein gekommen. Sie dürfen das, die kennen wir ja. Wir wollen keinen Ärger«, sagte der Junge im schwarzgrauen Anzug. »Aber ich fürchte, dass die Würstchen nicht reichen...«

Kennet grinste Sixten an.

»Wenn es so voll ist, kommt Johan sicher nicht rein...«

Plötzlich verschwand er und Sixten war allein. Keine Spur von Mia.

Papierlaternen mit Drachengesichtern, die von den Wänden grinsten, erhellten das Dunkel im Saal nur mäßig. Die Musik dröhnte. Es war eine Disco der Sorte, wie sie Sixten nur selten oder noch gar nicht besucht hatte. Er dachte: Jetzt stürze ich mich ins Vergnügen! Aber wie, das wusste er eigentlich nicht. Ein Stück entfernt stand ein großer Tisch voller Limonadeflaschen. Er ging rüber und füllte einen Pappbecher mit irgendetwas. Welche Sorte, das konnte er nicht erkennen.

Ein Mädchen kam und trank ebenfalls. Sie war verschwitzt, sah aber ganz nett aus. Sie war klein, etwas rundlich und ihr Rock hatte einen Schlitz.

»Ist Mia nicht hier?«, fragte Sixten.

»Die hab' ich seit einer Weile nicht gesehen. Sie ist immer so beschäftigt.«

»Sollen wir tanzen?«, fragte Sixten. Was hatte er sonst auf einer Party wie dieser zu suchen, wenn er nicht tanzte?

»Ich muss nur noch mal was trinken«, sagte das Mädchen. Als sie fertig war, nahm sie Sixten an der Hand und zog ihn in die Menge der Tanzenden. Da war es so donnernd laut, dass man nicht miteinander sprechen konnte. Das Mädchen lächelte Sixten ab und zu freundlich an, aber die meiste Zeit war sie mit dem Rhythmus beschäftigt. Hier tanzt jeder für sich und niemand mit mir, dachte Sixten.

Aber dann bereute er es. Das Mädchen sah nett aus. Und was machte er auf so einer Party, wenn er nicht tanzen wollte? Mia selbst hatte ja gesagt, das Tanzen sei die Hauptsache. Sixten schwang seinen Körper, folgte der Musik. Da erblickte er im Gewühl ein Paar, das ihm bekannt vorkam. Ein Mädchen in weißen Jeans und weißer Bluse. Na klar, das war Mia. Sie hatte die Zöpfe jetzt losgemacht, das rote Haar flog. Kein kleines Mädchen mehr, ein *großes.*

Sie hatte um den Kopf ein lila Band gebunden und die Enden wirbelten in der Luft. Sie sah noch süßer aus als vorher. Sixten wurde warm. Er wollte ihr zuwinken. Gleichzeitig sah er aber, mit wem sie tanzte. *Kennet!* Der war offensichtlich direkt auf Mia zugegangen. Sixten biss sich auf die Lippen. Warum gerade sie? Da waren ja Dutzende von anderen Mädchen.

Kennet wirbelte mit seinem großen Körper herum, juchzte und schlenkerte mit den Armen. Besonderes elegant sah es nicht gerade aus. Mia bewegte sich in dem Rhythmus wie ein Schwan, unberührt, mit ihrem schmalen Hals über der Bluse, das lila Band um die Haare schwingend.

Die Musik hörte auf. Sixten nickte dem Mädchen zu, mit dem er getanzt hatte. Er drängte sich durch die Menge zu dem Limonadentisch und schüttete sich einen neuen Becher ein. Dann wandte er dem Saal den Rücken und ging in den Korridor hinaus.

Da gab es Ruhe, da konnte er denken. Aber er wusste dieses Mal nicht richtig, was er denken sollte. Sixten setzte sich ein Stückchen entfernt auf eine Treppenstufe. Er starrte auf den Boden. Langsam trank er aus dem Becher. Er hoffte, Johan würde hier auftauchen und ohne Karte nicht zur Party reingelassen werden. Der wassergekämmte Typ hatte ja gesagt, dass sie schon zu viele waren. ... Dann könnten Johan und er ein Taxi suchen und zur Hütte zurückfahren. Oder – vielleicht kannte Johan ja ein Kino, in dem es einen guten Film gab...

Doch... plötzlich ärgerte sich Sixten über sich selbst. Warum saß er hier voller Selbstmitleid? Er war ja wegen Mia gekommen. Was hatte sie ihm denn getan? Sie hatte sich von Kennet zum Tanz auffordern lassen. Sixten hatte noch nicht einmal mit ihr gesprochen.

Ehe er hier aufgab, wollte er wenigstens versuchen, sie zu finden, ein paar Worte wechseln und sich für die Einladung bedanken. So. Wenn sie Kennet mochte, war es schließlich ihre Sache. Wenn sie gerade beschäftigt war, konnte sich Sixten sich auch mit anderen unterhalten.

Sixten knüllte den Becher zusammen und stand auf, einen entschlossenen Ausdruck im Gesicht. Er kehrte ins dröhnende Halbdunkel zurück und suchte nach Mia. Überall waren Leute, Gelächter und schwingende Körper. Er arbeitete sich voran. Da tanzte wieder das Mädchen, das er selbst vor einer Weile aufgefordert hatte. Sie starrte auf die Taille des Jungen, mit dem sie tanzte, und bewegte sich mit vollem Einsatz. Sie hatte deutlich immer den gleichen Stil.

Da sah Sixten Mia wieder. Sie stand mit einem Becher in der Hand in einer Ecke des Zimmers, den Tanzenden den Rücken zugewandt, und sprach mit einem Jungen.

Der Junge war Kennet – *wieder.* Na gut, dachte Sixten. Mia mochte ihn. Sonst würde sie nicht so mit ihm da herumstehen.

Sixten hatte keine Lust mehr, mit irgendeiner anderen zu tanzen oder überhaupt auf der Party zu bleiben. Er würde lieber ins Dorf runter gehen, um nach Johan zu suchen.

Er drehte sich um und drängelte sich zum Ausgang.

Aber noch einmal blieb er stehen, ärgerlich auf sich selbst. Hatte er sich nicht vorgenommen, Mia wenigstens zu begrüßen? Das würde er jetzt tun, auch wenn Kennet sie *umringte.* Er drehte sich um.

Zweimal war Mia von dem Jungen, der sich Kennet nannte, aufgefordert worden. Er hatte wie ein Hampelmann getanzt. Das machte eigentlich nichts – es war nicht ungewöhnlich. Aber es hatte ausgesehen, als ob er Besitzansprüche hätte. Sofort nach dem zweiten Tanz hatte er Mia mit sich zum Limonadentisch gezogen, zwei Becher gefüllt, sie in eine Ecke geschoben und angefangen zu reden. Sie wurde ihn einfach nicht los.

»Ich bin 15«, verkündete Kennet.

»Ich auch. Präzise.«

»Danach siehst du nicht aus«, sagte er. »Warst du schon mal in der Sporthütte von meinem Vater? Vielleicht aufgeräumt oder so was.«

»Ich bin mal da gewesen«, antwortete Mia. »Wieso?«

»Kommst du mit dahin, wenn die Party hier vorbei ist?«

Sie antwortete nicht.

»Hast du schon mal was Tolleres als diese Bude gesehen?«, tönte Kennet. »Wir wohnen jetzt da, nur wir vier. Einen von uns kennst du ja schon.«

Mia nickte.

»Ja, Sixten habe ich schon getroffen. Den mit den gelben Haaren. Auch den anderen... wie war sein

Name...? Emil? Ich glaube, ich habe Sixten hier gesehen. Wo ist er hin?«

»Der ist nichts für dich«, sagte Kennet.

»Wo ist er denn?«, fragte das Mädchen.

»Sixy? Der steht sicher irgendwo und starrt die Sterne an. Jetzt lass uns aber mal von dir und mir sprechen. Dafür, dass du vom Lande kommst, bist du gar nicht so dumm.« Kennet umarmte sie. »Trink aus, dann lassen wir noch mal das Tanzbein schwingen!«

»Du kannst mal mit einer anderen tanzen!«

Kennet starrte sie betroffen an. Mia kehrte ihm den Rücken und bahnte sich einen Weg durch die Menge. Sie hatte Sixten flüchtig gesehen, als er mit einem anderen Mädchen tanzte.

Mia hatte erwartet, dass er zu ihr kommen würde. War er aber nicht. Vielleicht hatte er sie vergessen? Oder hatte er sie seinem Kumpel, diesem Kennet, überlassen? Kennet... was für ein Typ, dachte Mia. Ein Draufgänger... wie ein Bison, ungefähr.

Nun sah Mia, dass Sixten mit entschlossenem Schritt zum Ausgang ging. Wollte er sich auf den Weg machen – ohne mit ihr auch nur ein einziges Wort zu wechseln?

Nein, nun drehte er sich um. Er sah genauso aus, wie ihn Mia in Erinnerung hatte, teils erwachsen, teils kindlich. Süß und schmächtig. Sixten schien ganz in Ordnung zu sein. Aber man kann sich täuschen, dachte sie. Jungen waren am Ende oft nicht so, wie man am Anfang dachte. Warum war er nicht zu ihr gekommen?

Jetzt trafen sich ihre Blicke. Er hob seine Hand und winkte. Sie dachte kurz daran, ihn einfach zu übersehen. Schließlich hatte er sie so lange nicht beachtet. Aber dann konnte sie nicht anders und winkte zurück. Er drängelte sich durch und erreichte Mia.

»Bist du jetzt... allein?«, sagte Sixten ohne Umschweife.

»Wolltest du etwa schon gehen?« Sie griff seinen Arm.

Er schaute sie einige Sekunden an, noch mit einem glücklichen Lächeln im Gesicht. Dann erstarb es. Er sagte steif:

»Wenn du willst, kannst du natürlich mit Kennet zusammen bleiben...«

»Du wolltest abhauen«, sagte Mia bleich. »Ja, dann mach doch!«

»Nein, eigentlich nicht. Aber du... und Kennet, mein Freund...«

»Dein Freund? Ist der wirklich dein *Freund*?«, fragte Mia.

»Er ist ganz schön nervig«, sagte Sixten. »Wenn du das meinst. Vielleicht wird's ja besser, wenn er älter wird...«

Mias lila Band schwang hin und her. Sie sahen sich schweigend an.

Ein neuer Tanz hämmerte los. Um sie herum setzten sich die Körper in Bewegung. Er sagte:

»Sollen wir versuchen... uns zu koordinieren?«

Mia lachte und nickte dem lustigen Jungen mit den Strohhaaren mehrmals zu. Sein Lächeln erschien wieder.

Statt drauflos zu tanzen wie alle anderen um sie herum, machte Mia einen Schritt auf ihn zu und sagte:

»Können wir dieses Stück nicht zusammen tanzen? Ich möchte gern. Kannst du?«

Sixten antwortete nicht. Er ergriff das Mädchen, das ungefähr so groß wie er selbst war. Er war kein Tänzer und wusste nicht, wie es richtig ging. Er hielt sie sanft in seinen Armen, vorsichtig, als wenn sie ein rohes Ei wäre. Rundum wirbelten und schubsten sich die Leute. Aber Sixten und Mia merkten es nicht.

So hatte er nie zuvor getanzt. Nie zuvor gefühlt.

Kapitel 6

Sternenhimmel

Nachdem sie vier Stücke miteinander getanzt hatten, sowohl in wildem Rockstil als auch ganz nah aneinander, sagte Mia: »Jetzt gehen wir und trinken was.«

»Okey«, antwortete er und zog sie mit sich zur Limonadenbar.

»Nicht davon«, sagte sie. »Das ist mir viel zu süß.«

Sie lachten. »Hast du das Zeug nicht selbst gekauft?«, fragte Sixten.

»Ja, doch. Die Leute wollen ja so was trinken. Sie sind ja verrückt.«

Sie gingen auf den Korridor. »Hast du dieses Hotel vorher schon mal gesehen?«

»Ich habe bisher eigentlich noch gar kein Hotel von innen gesehen«, sagte Sixten.

Sie gingen in einen angrenzenden Flur und waren jetzt vom Partyraum weit entfernt. Sie öffnete eine Tür. Dahinter war eine Sauna. Mia beugte sich unter einen Wasserhahn und trank von dem klaren Wasser. Sixten stand da und schaute zu. »Du scheinst hier im Hotel ja zu Hause zu sein.«

Sie nickte und gab ihm ein Zeichen. »Trink auch was. Hier oben haben wir Schwedens bestes Wasser. Und Wasser löscht den Durst am besten.«

Als sie genug getrunken hatten, nahm Mia ihn bei der Hand und stellte sich vor ihn. »Hast du keine Freundin unten in der Stadt?«

»Nein, wirklich nicht!«, stieß Sixten aus. Sie lachte und lehnte sich an ihn. Sie wirkte ein wenig schwindelig. Vielleicht vom vielen Wasser, das sie getrunken hatte.

»Wie alt bist du?«, fragte sie.

»14. Und du?«

»Wusste ich schon.«, sagte das Mädchen. Sie lachte wieder. »Ich bin einmal hängen geblieben. Aber dadurch kann ich kein bisschen mehr...!«

»Bist du schon 15?«

Sie nickte. »Uralt, was?«

Sie stiegen in einen Aufzug und fuhren aufwärts, fünf bis sechs Stockwerke hoch. Plötzlich waren sie in einem Nachtclub, einem großen Lokal mit Kerzen auf den Tischen. Die Leute tanzten ebenfalls nach Discomusik, aber es war etwas ruhiger und heller als unten im Kellerraum. »Willst du etwa hier bleiben?«, fragte er. »Das will ich nicht.«

»Nein, ich wollte dir nur was zeigen.«, sagte das Mädchen. »Du bist sicher mehr an Sternen interessiert?«

Sie gingen drei Treppen hoch. Mia öffnete eine Eisentür und plötzlich waren sie auf dem flachen Dach des Hotels.

»Lange können wir hier nicht bleiben. Sonst werde ich schwindelig.«, sagte das Mädchen.

»Und es wird zu kalt.« Sixten legte den Arm um sie. Er fühlte sich stark und beschützend. Mia schaute nach oben.

»Außerdem ist es bewölkt«, sagte sie enttäuscht.

»Man sieht jedenfalls den Großen Bären«, sagte er. »Und Orions Gürtel.«

»Wo sind sie?«

Er deutete mit dem ausgestreckten, freien Arm dort hin und zeigte ihr auch noch einige andere Sternbilder, die zu sehen waren. Plötzlich wollte er sie küssen. Es überkam ihn einfach, auch wenn er nicht wusste, wohin mit der Nase. Als sein Mund den ihren berührte, drückte sie sich heftig an ihn, machte sich aber sofort wieder los.

»Komm wir gehen irgendwohin, wo es wärmer ist«, sagte sie.

Sie nahm seine Hand und zog ihn mit sich. Er erschrak fast über ihre Entschlossenheit. Was wollte sie denn jetzt machen?

Ein paar Treppen weiter unten bog sie in einen Korridor. Sie trafen fröhliche, fein angezogene Leute, die lachten und plauderten. Einer der Männer blickte Mia an und blinzelte Sixten zu. Das erhöhte dessen Unruhe. Er wollte dableiben, sich mit Mia irgendwohin setzen, ohne diese Eile.

Sie öffnete eine Tür und zog ihn rein. In einen total dunklen Raum. Es roch stark nach Scheuermittel und Wäsche. Mia knipste eine Lampe an. Ja, richtig: das Licht erleuchtete einen Putzraum mit Besen, Eimern und einem großen Regal mit Bettwäsche und Handtüchern. An einer der Wände stand eine Bank.

Mia schloss sorgfältig die Tür hinter sich und zog ihn neben sich auf die Bank. Sie saßen dicht nebeneinander. Er wünschte, das Licht wäre hier drinnen nicht so grell. Sixten legte den Arm um sie und sie ließ es geschehen.

»Ich wünschte... ich wünschte...«, sagte er steif.

»Was denn?«, flüsterte sie.

»Dass du auch in der Stadt wohnen würdest wie ich...«

»Du ... ich konnte da oben auf dem Dach nicht mehr länger stehen ... ich mag dich so schrecklich gern ... wir

müssen ...« murmelte das Mädchen
unzusammenhängend.

War das hier, wovon alle sprachen – und was in
Zeitungen und Büchern beschrieben wurde – das
Beste, was es auf Erden gab – *Liebe*?

Sie legte die Hand um seinen Nacken. Es klopfte dumpf
in seinem Kopf; es fühlte sich an wie eine Art Fieber. Er
wollte sie wieder küssen und nun wusste er, dass er
den Kopf ein wenig drehen musste, damit die Nasen
nicht im Wege waren. Mia beantwortete seinen Kuss
mit einer Heftigkeit, dass ihre Zähne
zusammenschlugen. Wieder wand sie sich nach
einigen Sekunden los.

»Bist du sicher, dass du mich magst?«, sagte sie. Sie
legte auch die andere Hand um seinen Nacken,
schaute tief und forschend in Sixtens Augen.

Sixten verstand gar nicht, wie sie überhaupt fragen
konnte. Wie konnte sie nur zweifeln? Fühlte sie nicht –
wie er – dass es seit einer Stunde nur noch sie beide
gab, und so sollte es bis zum Ende der Welt sein. Für
ihn stand die Zeit still.

»Ich glaube, ich habe Fieber...«, sagte Mia. »Etwas
benebelt...«

Sixten dagegen fühlte sich nicht mehr fiebrig. Sein Kopf
war ganz klar. Mit diesem Mädchen wollte er für
immer zusammen sein.

»Meistens kann ich mich ja über Jungen in meinem Alter schief lachen ...« setzte Mia fort. »Die sind so albern. Wie dieser Kennet. Der war ja am schlimmsten...« Sie kniff ihn in dem Arm. »Aber du, gerade 14 ...«

Sixten war leicht beleidigt, dass sie über den Altersunterschied sprach. Aber was machte das schon? So lange es ihr egal war.

Aber musste Kennet unbedingt dabei sein?

»Müssen wir unbedingt jetzt über ihn reden?«

Mia schaute ihn an.

»Du«, sagte sie zögernd. »Willst du wieder zurück zur Party?«

Er schüttelte den Kopf.

»Ich will mit dir zusammen sein, Mia. Hier ist es viel besser.«

»Wie kommst du denn nachher zurück zur Hütte? Fahrt ihr zusammen mit dem Auto?«

Welche Alltagsfrage.

Sixten zuckte die Achseln.

»Das haben wir noch nicht entschieden. Warum?«

Das Mädchen sagte: »Ich habe Hunger.«

»Willst du jetzt runter gehen und von diesen Würstchen da essen?«, fragte er schlecht gelaunt.

Sie machte das Licht aus und zog ihn wieder mit sich, durch den Korridor. Nun roch es nach Essen. Sie kamen an eine Wand aus mattem Glas. Als Mia eine Tür öffnete, befanden sie sich plötzlich in einer Restaurantküche.

Eine Frau sah sie und kam auf sie zu. Sie hatte einen weißen Rock an und eine weiße Mütze auf, sie sah rund und freundlich aus.

»Meine Mama«, sagte Mia. »Sie arbeitet hier manchmal in der Küche. Das hier ist Sixten, von dem ich dir erzählt habe. Er wohnt in Ögrens Sporthütte zusammen mit ein paar anderen Jungen...«

Mia hielt Sixten an der Hand und nun hob sie ihre Hände, damit ihre Mama es auch deutlich sehen konnte. Sixten genierte sich kein bisschen. Und die Mutter schien es ja ganz locker zu sehen.

»Wollt ihr ein Butterbrot?«, fragte sie. Sixten und Mia nickten beide, und Mias Mama ging und holte zwei große Brote mit Frikadellenhälften und Tomatenscheiben drauf.

Das Mädchen hielt sein Butterbrot in der Hand.

»Können wir für eine Weile nach Hause gehen?«, fragte sie ihre Mutter.

Die Mutter schaute sie forschend einige Sekunden lang an, dann nickte sie. Mehr sagte sie nicht, sondern nickte nur noch einmal und verschwand dann in der großen Küche. Mia ging hinter ihr her und verschwand ganz kurz. Dann kam das Mädchen zurück. Sie lächelte.

Sie gingen zurück zum Aufzug und fuhren ins Kellergeschoss. Die Musik dröhnte. Sixten schaute nicht zu den Jungen herüber.

»Also, willst du hier noch bleiben?«

Er schüttelte den Kopf.

»Dann holen wir unsere Jacken«, sagte das Mädchen. Mehr nicht und Sixten fragte auch nicht. Was sie auch machte, es war das Richtige.

Kapitel 7

Sixten und Mia

Plötzlich waren sie draußen in der einsamen Winternacht. Kein Mensch war zu sehen, nur das ein oder andere Auto brauste vorbei. Es war bitterkalt.

»Wir wohnen nicht weit weg.«

Nach einer Viertelstunde Dauerlauf – Hand in Hand – kamen sie zu Mias Haus. Eine Lampe an der Außenwand war das einzige, was leuchtete.

Mia knipste in der Wohnung das Licht an. Sie zogen ihre Jacken aus. »Möchtest du Kaffee? Oder etwas anderes?«

Sixten schüttelte den Kopf. Der war wie mit Watte gefüllt, er konnte gar nicht klar denken. Er schielte zu Mia hinüber, auch sie machte einen angespannten Eindruck.

»Ist dein Vater nicht zu Hause?«, fragte er. »Oder sonst jemand...?«

Das Mädchen schüttelte den Kopf.

»Er fährt nachts Taxi unten in der Stadt. Und kommt nicht nach Hause. Mama übernachtet im Hotel. Mehr Leute wohnen hier nicht.« Sie lachte auf.

»Fühlst du dich etwa einsam...?«

»Quatsch!«, sagte Sixten.

Sie warf ihm einen Blick zu.

»Sollen wir vielleicht ein paar andere anrufen...?«

»Nein, nein!«, sagte Sixten hastig. »Bloß nicht!«

»Vielleicht wird es dir mit mir allein langweilig. Du kommst ja aus der Stadt...«

Sixten verzog das Gesicht bei diesem unsinnigen Gedanken. Mia setzte munter fort:

«Ich bin schrecklich hungrig. Ich mach uns schnell was zu essen.« Sie lachte. »Du hast wohl nicht gedacht, dass Mädchen so einen Appetit haben können. Willst du nichts?«

»Jedenfalls keinen Kaffee. Milch, wenn du hast...«

Essen ... was Sixten interessierte, war ihre Nähe. Er fühlte sich immer noch verschwitzt auf dem Rücken und im Nacken. Und er sah bei Mia, dass auch ihr Haar ein wenig strähniger geworden war. Das Haarband war ganz verschwunden. Ihre Wangen waren leicht errötet und sie sah auf alle Fälle wunderbar aus. Ihr Lachen ließ sein Rückgrat kribbeln. Sollte er sich vorsichtshalber ins Bein kneifen? Nein, besser nicht. Er könnte ja aufwachen. Und alles wäre nur ein Traum gewesen...

Mia trug Brot, eine Menge Aufschnitt und ein Paket Milch auf einem Tablett und ging vor ihm durch die Wohnung.

»Wir gehen in meine Bude.«

Es war ein ziemlich schlampig aufgeräumtes Mädchenzimmer mit einigen Postern von Popstars und Pferdeköpfen an den Wänden, einem Korbregal mit Kleinzeug und einer kleinen Stereoanlage. Mia sah seinen Blick zum Regal.

»Ich lese nicht mehr so viel wie früher«, sagte sie. »Ich habe keine Ruhe dazu, so kommt es mir vor... Aber du machst es – das sieht man dir an. Du wirst bestimmt mal Professor...«

Sie räumte die Kleider vom Bett und sie setzten sich hin, das Tablett auf Mias Knie.

Bevor er den Mund voller Butterbrot hatte, wollte Sixten sie noch mal küssen. Aber sie stellte das Tablett nicht ab.

»Ich bin jetzt hungrig«, sagte sie. »Lass mich!«

Er war so eifrig, er kannte sich selbst nicht wieder. Er lehnte sich über das Tablett und erreichte ihren Mund. Sie seufzte aber entzog sich nicht. Und der Mund war willig und warm. Er schloss die Augen und als er kurz aufblickte, sah er, dass sie es auch tat.

»Jetzt setz dich ordentlich hin«, sagte sie. Sixten setzte sich neben ihr auf dem Bett zurecht. Er strich ihr mit der Hand über die Wange. Aber Mia schaute nicht in seine Richtung, sondern machte sich ein Doppelstock-Riesensandwich mit Käse und Wurst. Er schaute erstaunt zu. Das Ding hatte die Dicke eines Konversationslexikons. Wie konnte sie davon etwas abbeißen? Aber sie biss nichts ab. Stattdessen begann sie schräg unten, wo das Brot am dünnsten war, und knabberte sich aufwärts. »Man muss... hier viel essen... wenn es kalt ist...«, hörte Sixten ihre Stimme aus der Tiefe des Butterbrotes, »... um sich warm zu halten.« Dann sagte sie eine Weile gar nichts mehr, sondern kaute nur noch. Er wollte den Kontakt nicht verlieren. Er schob ihr Brot zur Seite, damit sie nicht einen weiteren Mundvoll nehmen konnte, und versuchte sie wieder zu küssen. Aber dieses Mal ging es nicht. Mia kicherte, wich aus und schaffte es, wieder vom Brot abzubeißen.

Sixten drehte sich von ihr weg und schaute verletzt auf den Teppich. Er sagte rau:

»Hast du ne Ahnung, wie ich wieder zu unserer Hütte zurückkommen kann?«

 »Ich muss das Butterbrot erst aufessen, sonst werde ich nicht normal.«, sagte das Mädchen. »Kannst du nicht eine Platte auflegen, die du so lange hören willst?«

»Es muss doch irgendeine Möglichkeit geben dahin zu kommen? Gibt's hier keine Nachtbusse?« Er starrte stur auf den Boden.

»Du kannst per Anhalter mit jemandem mitfahren, der vom Tanzen im Hotel kommt. Falls du es so eilig hast!« Ihre Stimme hörte sich leicht irritiert an.

Sixten war sich jetzt ziemlich sicher, dass er einen Fehler gemacht hatte, einen schrecklichen Fehler. Er kroch schwerfällig auf den Knien zur Anlage und stöberte in den Platten. Aber er sah die Titel gar nicht; er sah nur schwarze Punkte vor den Augen.

Nein – so ging es nicht weiter. Falls es so war, dass sie ihn nicht mochte, dann musste es klar sein.

Er stand auf und ging auf sie zu. Sie war jetzt fast fertig, nur eine Ecke des Brotes war übrig.

»Stell das Tablett weg.«, sagte er. »Und steh auf.«

Sie schaute zu ihm hoch. Sixten hielt den Atem an und wartete darauf, dass sie irgendetwas schreien würde, vielleicht das Tablett mit dem Essen wegwerfen. Aber jetzt musste sie wählen, entweder ihn oder alles andere.

Und sieh an! Mia stellte das Tablett auf die Ecke einer Kommode, ging zu Sixten und legte die Arme um seinen Hals.

»Bist du sauer?«

Er schüttelte den Kopf, so erleichtert, dass es in den Augen kitzelte, als wenn eine Träne heraus kullern wollte.

»Jetzt komm und nimm ein paar Plätzchen, Sixten. Du hast *Mamas Träume* nicht versucht. Die sind total lecker...«

Plötzlich lagen sie nebeneinander auf ihrem Bett, die Deckenlampe ausgeschaltet. Das einzige, was leuchtete, war die kleine Lampe auf dem Schreibtisch am anderen Ende des Zimmers und die war zur Seite gedreht. Sie lagen auf der Seite und schauten sich an.

Sie versteckte die Hände unter seinem Pullover. Sixten hielt mit seinen ihr Gesicht, streichelte langsam mit den Daumen über die weichen, warmen Wangen. Eine lange Weile schwiegen sie. Die Welt draußen schien verschwunden zu sein. Mias Augen glänzten in dem schwachen Licht. Sixten nahm ihren Duft wahr und seinen eigenen Herzschlag. Aber sein Herz schlug jetzt ruhig.

Sie veränderte ihre Stellung. Wollte sie aufstehen? Ganz im Gegenteil, sie rückte näher. Ihr Atem streifte sein Gesicht. Er beugte sich vor und küsste sie. Ein langer Kuss, so lang, dass er sowohl Brot als auch Wurst schmecken konnte.

»Mia... in den nächsten Ferien... kannst da nicht kommen und mich besuchen?«

»Das ist teuer.«

»Ich habe ein wenig gespart.«

Sie legte ihren Zeigefinger über seine Lippen.

»Wir müssen uns wiedertreffen...«, sagte er.

Sie nickte. »Vielleicht.«

Er nahm sie fest bei der Hand.

»Du. Ich will jetzt nicht zur Sporthütte. Können wir nicht ... einfach so hier liegen bleiben?«

»Nein, das geht nicht.«, sagte sie. »Ich muss schlafen. Morgen früh muss ich los und den Partyraum aufräumen.«

»Noch ein Weilchen?«

Sie antwortete nicht sofort. Dann sagte sie:

»Wenn du niemanden hättest, mit dem du fahren kannst, könntest du hier liegen bleiben. Aber besser nicht.«

»Besser nicht...?«, wiederholte er verwirrt.

»Hat Mama gesagt«, erklärte das Mädchen.

»Wie? Kann ich hier drinnen liegen bleiben – bei dir?«

»Nein«, sagte sie geschäftsmäßig. »Drinnen in Papas Zimmer. Wir haben eine Extramatratze und ich kann dir auf dem Boden ein Bett machen...«

Gerade als Sixten das Gefühl hatte, dass er nur Umstände bereiten würde und es besser wäre, sich stattdessen in die Winternacht zu begeben, um seinen Stolz zu retten, da beugte sie sich vor über sein Gesicht.

»Ich finde es lustig, wenn du hier bleibst. Dann frühstücken wir morgen früh zusammen. Du kannst doch bleiben?«

»Soll ... ich denn?«, stammelte Sixten.

Ein Lächeln erschien auf den Lippen des Mädchens.

»Meinst du, du kannst auf einer Matratze auf dem Boden schlafen?«

Er zog sie an sich heran. Sie setzte sich auf.

»Willst du eine Platte hören?«

»Meine Ohren dröhnen noch von dem Discogetöse«, sagte Sixten. »Deine nicht?«

»Willst du Karten spielen?«

»Nein ... ich...«

Sie streckte die Arme in die Luft und gähnte laut.

»Ok. Ich will mich hinlegen. Wir machen dein Bett. Dann waschen wir uns und kriechen in die Federn.«

Warum war sie so – geschäftsmäßig? Fühlte sie nicht das Gleiche wie er – den Schwindel im Kopf und die Hitze im Körper? Sixten bekam einen fürchterlichen Verdacht. Hatte sie etwa Routine hierin?

»Ist es oft, dass...?«, fragte er.

Sie bürstete ihre Haare, mit kräftigem Zug, so als wäre sie alleine. Sie sah ihn an.

»Was denn – oft?«

Er wollte sagen: Dass Jungen hier übernachten? Das scheinst du gewöhnt zu sein, Mia. Sag, dass es nicht so ist, wollte Sixten sagen. Aber das fragte er nicht. Stattdessen:

»... dass eine Gästezahnbürste gebraucht wird? Ich habe nämlich keine dabei...«

Sie lachte. »Warte!«

Er stand vorm Badezimmer. Er hörte, wie sie sich wusch und spülte. Sie öffnete die Tür.

»Du kannst reinkommen.«

Sie hatte einen Bademantel an, einen kurzen in gelbem Frottee, und war barfuß. Sie reichte Sixten eine Zahnbürste.

»Das ist meine. Ich habe sie gerade benutzt. Deshalb ist sie nass.«

Er versuchte sie zu umarmen. Aber sie entwischte in ihren Raum.

Sixten zog sich aus, wusch sich, nahm ein Handtuch von einem Trockengestell und rieb sich trocken. Er putzte sich mit Mias Zahnbürste die Zähne; die ekelte ihn überhaupt nicht. *Sollte es so sein...?*

Er versuchte nicht zu denken. Was pflegte Johan immer zu sagen? Lebe *klar*. Gerade jetzt war Sixten weit davon entfernt. Er versuchte, überhaupt nicht zu denken, nur zu fühlen. Mit linkischen Händen zog er sich wieder Hose und Hemd an.

Als er zurück kam, nahm sie in bei der Hand und führte ihn in einen anderen Raum. Dort stand ein Schreibtisch mit einem Stapel Papier oben drauf und eine Schirmmütze mit Taxischild hing an der Wand. Es roch nach Rauch und Sixten fragte sich, ob er hier drinnen schlafen können würde. Mia hatte schon vor dem Bett ihres Vaters eine Matratze ausgelegt mit Laken, Kopfkissen und einer Decke

»Dann schlaf gut.« Im nächsten Moment war sie weg – viel zu schnell. Sixten hatte sie fragen wollen, ob ihr Vater mit Sicherheit nicht nach Hause kommen würde. Und wann sie aufstehen sollten. Und noch ein paar andere Dinge. Warum war sie nicht noch eine Minute geblieben?

Sixten spürte, dass er sie noch mal sehen und anfassen wollte, bevor er einschlief. Er ging zu ihrem Zimmer. Die Tür war geschlossen. Er stand eine Minute und lauschte. Sollte er anklopfen? Sollte er zurück zu seiner Matratze gehen?

Plötzlich öffnete er die Tür und trat ein. Es war dunkel da drinnen. Nach einigen Sekunden hatten sich seine Augen daran gewöhnt. Er sah Mia unter ihrer Bettdecke liegen und nach ihm gucken.

»Du bist so schnell gegangen. Ich will dir nur gute Nacht sagen.«

»Es ist besser, wenn wir ... wenn wir jetzt schlafen.«, sagte das Mädchen.

»Du *bist* schüchtern, was?«, flüsterte er im Dunkeln.

Sie antwortete nicht.

»Das bin ich auch«, sagte er. »Aber bei dir will ich das nicht.«

»Dann komm... und drück mich einmal. Aber dann musst du gehen«, kam es vom Bett. Er beugte sich nieder, fand die Bettkante und setzte sich. Sie streckte die Hand, um ihm die Wange zu streicheln, aber stattdessen rutschte ein Finger in sein Auge. »Au!«, rief er. Sie kicherte. Voller Mut zog er die Decke weg, glitt hastig neben sie und drückte sie fest an sich. Er war darauf vorbereitet, dass Mia ihn weg stoßen würde.

Das tat sie aber nicht. Stattdessen kicherte sie, schwenkte das Laken und warf es über sie als wäre es ein Zelt. Er verstand gar nichts. Er fühlte sich total wirr im Kopf von ihrem Duft hier im Dunkeln, dem Gekicher und dem wirbelnden Bettzeug. Sixten dachte, er würde ohnmächtig.

Er lag völlig unbeweglich, fest entschlossen den Verstand wiederzugewinnen.

Er fühlte Mias Körper. Überall unter Sixtens Haut entflammte es wie von kleinen Bränden. Aber es brannte nicht, es kitzelte. Instinktiv versuchte er, das Mädchen von sich zu schieben. Stattdessen drückte sie sich an ihn und küsste ihn. Da berührte seine Hand etwas, was gleichzeitig hart und weich war, wie der Körper einer kleinen Katze, und was sich nach seiner Hand formte.

Er verstand, was es war. Was er beim ersten Mal, als er sie gesehen hatte, unter ihrer Bluse erahnt hatte, die Brust des Mädchens.

»Nein, mach das nicht...«, sagte sie. Sixten zog die Hand schnell zurück.

»Bleib still liegen«, sagte das Mädchen. »Bleib ruhig.«

Das war total unmöglich. Wie stellte sie sich das denn vor? So nahe beieinander, in ihrem Bett? Und er wollte das auch gar nicht! Sixten lachte über diesen wahnwitzigen Vorschlag.

»Worüber lachst du?«

Sixtens rechte Hand bewegte sich von ganz alleine, sie wusste, wohin sie wollte. Sie kehrte zum Katzenkind zurück, umfasste es weich und vorsichtig. Sie hinderte ihn jetzt nicht daran, lag ruhig und still. Nun fühlte er, dass es auch eine Spitze gab, die unter seinen Finger hart wurde. Er wechselte, fand die andere Brust. Die war zuerst kühl, wurde aber wärmer und weicher...

»Ich *muss* jetzt schlafen ...«, sagte sie.

»Mia.«, sagte Sixten. »Ich habe noch nie vorher...«

»Ich auch nicht...«

Und dann traute er sich, die Frage zu stellen, die ihm die ganze Zeit im Kopf umher geschwirrt war.

»Du hast also noch nie einen Jungen bei dir gehabt... so hier?«

Mia seufzte laut. Sie drehte sich zur Wand um. Ohne zu antworten!

Er rüttelte an ihrer Schulter.

»Du... kannst du es nicht sagen? Mia!«

Nun drehte sie sich um.

»Ob du der erste Junge bist, der hier in meinem Bett liegen durfte? Musst du das unbedingt wissen?«

Er blieb einen Moment still. Dann antwortete er so fest er konnte:

»Nein. Das spielt keine Rolle.«

Aber nun fasste Mia seine Hand.

»Sowas habe ich vorher noch nie erlebt. Das ist wahr.« Sie gähnte plötzlich gewaltig wie ein Trompetenstoß.

»Gott, wie bin ich müde. Nun *müssen* wir schlafen...«

Kapitel 8

Sture Vinge

Gegen 10 Uhr am nächsten Morgen war Sixten zurück in der Sporthütte. Vor der Hütte stand ein Tretschlitten. Der hatte da am Tag vorher nicht gestanden. Drinnen schliefen die Jungen. Emil lag auf dem Sofa im Wohnzimmer mit dem Videospiel neben sich. Der Apparat lief immer noch und das Spiel war nicht beendet; Emil war offensichtlich dabei eingeschlafen. Sixten schaltete die Apparate aus. Kennet schnarchte in seinem Bett mit offenem Mund, und Johan lag in seinem Zimmer.

Johan wachte auf, als Sixten durch den Türspalt schaute. Johan blickte auf die Uhr an seinem Handgelenk und machte große Augen, während er laut gähnte.

»Kommst du jetzt erst? Wo warst du?«

»Bist du in die Party rein gekommen? Ich habe dich gar nicht gesehen.«, sagte Sixten.

»Ebenso.«, antwortete Johan. »Kein Schimmer von dir. Ich habe gehört, dass du mit einem Mädchen gesichtet wurdest, die Mia heißt, aber dann verschwunden bist. Hast du mit ihr...«

»War es lustig?«, unterbrach ihn Sixten.

»Klar.«, Johan lächelte zufrieden. Er kramte in einer Hemdtasche und zog ein grünes Billet hervor.

»Das ist ihres. Ich habe sie nach Hause gebracht. Gunnel... Sie hat ihren Namen und die Adresse hier drauf geschrieben. Ich habe versprochen, ihr zu schreiben...« Johan schaute hoch. »Und du? Mia...?«

»Ich habe auch... versprochen zu schreiben.« Sixten überlegte, ob er mehr erzählen sollte. Johan war doch sein allerbester Freund. Aber wie sollte er jemandem erklären können, was passiert war und was er gefühlt hatte ... selbst Johan. Und übrigens war das vielleicht gar nicht so fantastisch und einzigartig. Vielleicht hatte Johan ja genau das Gleiche erlebt...? Stattdessen fragte Sixten nur:

»Wem gehört der Tretschlitten?«

»Den hat Kennet irgendwo ‚geliehen'. Er fand kein Taxi und ist deshalb hiermit nach Hause gekommen. Dem tut sicher heute der Tretfuß weh... Und es gibt irgendeinen armen Dorfbewohner, der sein tägliches Fortbewegungsmittel vermisst.«

Sie lachten beide zufrieden, weniger über Kennets Unglück als über ihren eigenen glücklichen Abend.

Johan sprang aus dem Bett.

»Nun wäre ein Frühstück prima.« Er warf Sixten einen Blick zu. »Du hast natürlich schon...«

Sixten nickte.

»Ihre Mutter kam mit Butterbroten und Kaffee. Ich wusste nicht, ob ich mich unter der Decke verstecken sollte oder was ich machen sollte.«

Johan starrte ihn an.

»Wie denn? Wo hast du denn gelegen?«

Sixten merkte, dass er rot wurde. Mehr wollte er nicht erzählen. Er fragte:

»Und du, wie bist du nach Hause gekommen?«

Johan grinste.

»Ihr Vater. Der war total nett und hat mich im Auto zurückgefahren. So was ist mir in der Stadt noch nicht passiert. Und das Mädchen...« Er ging runter und machte einige, schlappe Liegestütz.

Nun drängte sich Kennet durch die Türöffnung.

»Na, wie war sie?«

Johan antwortete nicht.

Kennets Interesse richtete sich jetzt auf Sixten.

»Wohin bist du denn mit dieser Mia verschwunden? Zu ihr nach Hause natürlich. Wie lange bist du denn schon zurück?«

»Ich habe fast die ganze Nacht geschlafen.«, sagte Sixten hastig.

Er musste Kennets forschendem Blick ausweichen. Er fügte hinzu:

»Übrigens, ich soll von Mia grüßen.«

Als er das gesagt hatte, hätte er sich hinterher vor Ärger am liebsten die Zunge abgebissen.

»Die ruft mich sicherlich mal an«, sagte Kennet. »Sie hat ja die Nummer hier.«

Johan sprang auf. Er warf Sixten einen schnellen Blick zu. Dann sagte er eisig:

»Wenn wir mit dem Frühstück fertig sind, fährst du runter und bringst zurück, was du geklaut hast. Ich will nicht mit einem Tretschlittendieb zusammen wohnen.«

Kennet glotzte nur und verschwand in seinem Raum. Mehr wurde von der Partynacht nicht erzählt.

Als er gegessen hatte, gehorchte Kennet erstaunlicherweise und machte sich mit dem Schlitten davon. Aber er war erstaunlich schnell zurück, und alles war wieder wie zuvor. Hatte er es wirklich in dieser kurzen Zeit bis zum Ort und zurück geschafft?

Mitten während des Frühstücks wachte auch Emil auf. Er starrte in die Runde, als wüsste er nicht, wo er war. Dann fiel es ihm wieder ein und er schüttelte sich unwillig. Es nahm sich einen Becher Kakao und ging ans große Panoramafenster.

»Wird aus diesem Ausflug heute was?«, fragte er mit unverhohlener Abneigung.

»Oder kann man sich an der Südseite ein wenig sonnen?«, ergänzte Sixten. »Wir haben ja noch ein paar Tage...«

»Der findet heute statt. Und ein Sonntagsausflug für kleine Partylöwen wird das nicht gerade. Das werdet ihr noch merken. Besonders du, Sexy-Sixy! Es geht immer nur bergauf. Aufwärts und aufwärts und aufwärts! Das Gepäck auf dem Rücken wird immer schwerer! Oh... oh... oh...!« Kennets Rücken beugte sich überdeutlich; er pustete und stöhnte. »Die Rucksackriemen schneiden Wunden in die Schultern. Weichlinge ohne Durchhaltevermögen brechen zusammen.«

Meinte Kennet das im Ernst? Konnte es wirklich so hart werden? Davon hatte Johan kein einziges Wort erzählt, als er Sixten überredet hatte mitzukommen. Sixten wünschte, er hätte daran gedacht, Mia zu fragen...

Kennet übertrieb, das war klar. Aber wie viel? Sixten hatte nicht daran gedacht, dass es hier bedeutend anstrengender sein würde als zu Hause im Stadtpark Ski zu laufen. Das machte er vielleicht alle zwei Jahre für ein paar Stunden. Da war es meistens flach und die Abhänge waren höchstens 50 – 60 Meter lang...

Es wäre äußerst unangenehm Kennet gestehen zu müssen, dass man es nicht schaffte. Dass man eine Pause brauchte - oder sogar umdrehen und nach Hause fahren wollte...

Sixten sah die Bilder von sich und Johan unten in der Stadt. Wie sie über einem komplizierten astronomischen Rechenproblem hingen oder auf dem Weg in ein spannendes Museum waren. Da konnte draußen welches Wetter auch immer sein – Schneesturm oder heißer Sonnenschein – ganz egal. Drinnen fanden die interessanten Dinge statt, im Kopf und im Zimmer, wenn man zusammen mit einem pfiffigen Freund wissenschaftliche Studien betreiben konnte. Und Kennet Ögren Lichtjahre entfernt war.

Nein, dachte Sixten. Schluss mit der Grübelei. Nun war er hier oben! Darum ging's jetzt. Mit diesem Hin und Her konnte er nicht weitermachen. Das hätte Mia auch nicht gefallen...

Als wenn Johan Sixtens Gedanken hätte lesen können, lehnte er sich vor über den Tisch.

»Bereust du es? Du siehst so blass aus!«

»Überhaupt nicht«, murmelte Sixten zur Antwort. »Das ist nur ... die Luftveränderung...«

»Genau.«, Johan lächelte spöttisch. »Die Luft ist hier oben ein wenig schärfer...«

Es war, als ob Johan selbst in der letzten Viertelstunde auch ein wenig schärfer geworden wäre, seit der Ausflug zur Sprache gekommen war.

Emil schluckte ein Stück Butterbrot und schaute sich um.

»Dieser Sture Vinge, Kennet – schläft der noch?«

Es gab keine Spur von irgendwelchem neu dazugekommenen Gepäck oder Sachen eines Erwachsenen.

»Ach ja ... unser sehnlichst erwarteter Gebirgsexperte...!« Kennet warf die Arme über den Kopf, sodass der Stuhl auf zwei Beinen kippelte. Er dachte nicht daran, direkt auf die Frage zu antworten. Stattdessen gähnte er und sagte:

»Ich wurde heute Morgen schon um halb sechs wach. Aber ich habe ja auch nicht die Nacht durchgemacht. Ich schaffe es rauf ins Gebirge.«

Johan musterte ihn.

»Dieser Sture Vinge ist nicht gekommen, oder?«

Kennet hörte auf zu kippeln und ließ die Stuhlbeine zurück auf den Boden knallen.

»Er hat mich heute Morgen geweckt.« Kennet schaute in die Runde. »Genau. Aber am Telefon! Sture hat erzählt, dass er sich eine Grippe eingefangen hat. Er liegt mit 39° im Bett und kann unmöglich hierauf kommen!«

Johan rief: »Dann wird auch nichts aus der Gebirgstour. Das ist doch klar! Wir sind viel zu unerfahren!«

»Quatsch«, antwortete Kennet. Er räusperte sich. »Was denn? Du hast doch etwa keine Angst – du Intelligenzbestie?«

Johan antwortete scharf: »Ja, das bin ich tatsächlich. Also intelligent. Und genau deshalb... Nur wenn man ein Dummkopf ist... «, - Johan warf Kennet einen Blick zu – ...»kapiert man nicht, wenn was gefährlich ist!«

»Tralala«, sagte Kennet. »Tralala« Er setzte fort: »Ich habe Sture erzählt, welch Superwetter wir hier oben haben.

Das ist gut, sagte er. Aber habt ihr Windsäcke und ordentliche Spaten in der Hütte gefunden? So viele du willst, Sture, habe ich geantwortet. Und eine ganze Menge anderes. Außerdem ein Spezial-Paket, das mein Vater mitgeschickt hat. Was immer das auch ist.

Ach ja den, sagte Sture Vinge. Und das Wetter ist ruhig, sagst du?

Windstill und keine Wolke am Himmel, habe ich geantwortet.

Das schaffst du, Kennet. Diese schöne Tour sollen deine Kumpel ja nicht verpassen!

Genau, sagte ich. Genau. Meine Geburtstagtour mit Freunden soll sich ja nicht in Luft auflösen!«

Kennet sah die anderen um sich herum an und brach in sein gewohntes schallendes Gelächter aus.

»Hat er nicht gesagt, wie lange wir unterwegs sein werden?«, fragte Johan.

»Und nicht exakt, welche Ausrüstung wir mitnehmen sollen?«, wunderte sich Sixten.

Emil saß da und tippte auf einem Minitaschenrechner und schien nicht zuzuhören. Wie gewöhnlich. Heh, wollte Sixten ihm zurufen. Heh Emil, wach auf, das hier ist wichtig! Aber er machte es nicht.

»Wie lange wir unterwegs sein werden, ist unsere Sache.«, sagte Kennet. »Oder meinst du, Sture Vinge sollte uns radarsteuern? Oder Sixys Sternengucker ausleihen und uns von da unten überwachen?«

Sixten nahm seine Brille ab und putzte sie, während es in ihm brannte. Zunächst die Gemeinheiten über Mia.

Und nun nannte er ihn immer noch mit diesem blöden Spitznamen.

Aber Sixten sagte nichts. Kennet war eifersüchtig, das sah er ein. Stattdessen fühlte er nun eine andere Wärme in seiner Brust.

Johan drehte eine Denkerrunde im Zimmer. Emil saß und kippelte mit dem Stuhl, genau wie Kennet.

Eine ganze Weile sagte niemand etwas.

Kapitel 10

Leichte Ausrüstung

Sie studierten die Wanderkarten, die es hier über das Gebiet gab. Kennet zeigte Johan die Route der Skitour. Sixten schaute Johan über die Schulter.

Emil warf den anderen nur ab und zu einen Blick zu. Er lauschte die meiste Zeit irgendwelchen Rocksongs im Walkman. Aber nach einer Weile nahm er die Kopfhörer ab.

»Wann sollen wir denn aufbrechen, Kennet? Damit wir das hinter uns bringen.«

Sixten leckte kurz über seine Lippen und sagte plötzlich mit belegter Stimme:

»Ich komme nicht mit.«

Nun war es raus. Die anderen schauten erstaunt auf.

Eine ganze Weile waren Sixten die unterschiedlichsten Gedanken im Kopf herumgegangen.

Die anderen sind kräftiger als ich. Ich komme nicht hinterher. (Aber wie soll ich irgendwann mehr Muskeln bekommen, wenn ich sie nicht anstrenge?) Mia will sicher nicht, dass ich weggehe und im Gebirge mein Leben riskiere. (Aber Mia will sicherlich, dass ich ein genauso guter Skiläufer werde, wie sie es ist.)

Ich mache mir nichts aus Muskeln. Der schlaue Sixten – der auch ohne grobe Gewalt gewinnt. Natürlich wäre es ganz schön, nicht immer so vorsichtig zu sein. Immer wieder stellte sich die gefährliche Frage: Traue ich mir gar nichts? Warum versuche ich im Sport immer, mich beim Sprung übers Pferd zu verkrümeln? Bin ich ein Feigling? Als ich kleiner war, war ich bedeutend mutiger.

Sixten warf Johan einen Blick zu, als wenn er wünschte, dass Johan sagte: Komm Sixten, dann fahren wir beide jetzt wieder nach Hause! Aber Johan sagte nichts. Und Sixten wollte es auch gar nicht. Schließlich hatte er auch ein gewisses Selbstbewusstsein. Das sollte ja heute besonders auf der Höhe sein. Er wusste ja, dass er nicht feige war, wenn es darauf ankam. Ein wenig ängstlich vielleicht, vorsichtig und ruhig und manchmal ein Spätzünder. Und bequem. Aber nicht feige. Nicht wenn es um etwas wirklich Wichtiges ging. Aber unnötigerweise ging er kein Risiko ein. Wie einen Sprung über ein zu hohes Pferd. Das war ja nun absolut sinnlos. Auch wenn der Sportlehrer vielleicht anders darüber dachte. Aber es war ja nicht seine Verrenkung oder Verstauchung, um die es da ging...

Und nun – diese Gebirgstour. Er hatte sich entschieden, nicht bei dieser Tour mitzumachen, weil die anderen kein einziges Wort über die Gefahr eines Wetterumschwungs verloren hatten. Sie hatten über alles zwischen Himmel und Erde diskutiert. Wie braun man an einem Tag in der Höhensonne werden konnte. Was ein Schneekristall war und ob im Schnee Tiere lebten. Oder ob man in der klaren Luft zwanzig oder ganze 100 Kilometer weit gucken konnte. Nicht ein Wort darüber, wie blitzschnell sich im Gebirge das Wetter verändern konnte. Sixten hatte darüber gelesen. Hatten die anderen noch nie davon gehört?

Aber was ihn am meisten zu dieser Absage bewogen hatte, war sein Misstrauen Kennet gegenüber. Er vertraute Kennet nicht. Jetzt weniger als zuvor, und noch weniger falls das Wetter beschließen sollte, schlechter zu werden.

Aber das konnte er nicht geradeheraus sagen.

Stattdessen setzte Sixten dumpf hinzu:

»Das Wetter kann umschlagen. Es kann ... Sturm geben...«

Johans Mund wurde ein schmaler Strich.

Kennet verdrehte die Augen zum Himmel. – »Ja, ja, ja, ja. Das war ja nicht anders zu erwarten. Was für einen Milchbubi hast du da nur mitgebracht, Johan!«

 »Halt den Mund!«, sagte Johan scharf. Er wand sich an Sixten, mit gerunzelten Augenbrauen. »Willst du uns im Stich lassen, Sigge?«

»Ich riskiere hier nicht mein Leben.«, antwortete Sixten trotzig.

»Wegen deiner Mama, wie?«, sagte Kennet mit einem schiefen Grinsen.

»Ja, auch.«, sagte Sixten. »Aber eigentlich mehr meinetwegen. Ohne Sture Vinge...«

Emil nahm die Kopfhörer ab. Er wies raus aus dem Fenster.

»Ich bin auch kein Muskelprotz, das hast du auch schon gemerkt. Aber nur eine Tour diesen einfachen Hang rauf. Und ein wenig auf der anderen Seite wieder runter. Man sieht ja von hier aus fast den ganzen Weg. Was denn, Sixten? Das sieht doch fast aus wie der

Fußboden zu Hause. Lange Stücke muss man nur einfach auf den Skiern vorwärts gleiten...«

Kennet klatschte ironisch in die Hände.

»Sogar Emil, noch ein Feigling auf dieser Erde, ist der Meinung, dass er das schaffen kann. Dafür dass du so mutig bist, geb´ ich dir was!«

Emil schaute unsicher in Kennets Richtung. Dann legte er den Walkman zur Seite und stand zögernd auf. Kennet nahm sein Portmonee.

Emil bekam zu Hause kein Taschengeld. Seine Eltern waren nicht so gut gestellt. Sie waren der Meinung, dass sich Emil das Geld, das er für sein eigenes Vergnügen brauchte, selbst verdienen sollte. Zum Beispiel indem er nach der Schule Altglas und Pfandflaschen sammelte. Manchmal gab ihm Kennet einen Geldschein, damit er für ihn etwas einkaufen gehen sollte. Und Emil durfte behalten, was übrig blieb.

Aber als Emil jetzt zu ihm kam, gab Kennet ihm stattdessen nur einen schnellen Tritt in den Hintern, sodass er über den Boden rutschte. Kennet lachte triumphierend und steckte das Portmonee ein.

»Jetzt doch nicht, du Idiot! Erst musst du zeigen, was du kannst, bevor du irgendeine Belohnung bekommst!«

»Ist ja klar«, sagte Emil niedergeschlagen und ging zurück zum Walkman. Aber Kennet zog den zu sich rüber. »Du hast jetzt lange genug meinen Apparat gehabt. Du nutzt den ja noch ganz ab! Willst du ihn mal, Johan?«

»Nein, danke.«

»Nee, du Schlaumeier liest sicher nur Bücher mit Tiefgang«, sagte Kennet. »Aber ich mag Musik.«

Er setzte sich die Kopfhörer auf, schaltete den Apparat ein und tanzte und fuchtelte im Takt mit der Musik herum. Sixten starrte ihn an und verstand nicht, wie Kennet sich so lächerlich benehmen konnte. Dass er nicht ein wenig ernsthafter sein konnte und den Ausflug vorbereiten.

Plötzlich schnappte Kennet sich Sixten, als wenn er mit ihm tanzen wollte. Sixten versuchte, sich frei zu machen, aber Kennet ließ ihn nicht los. Kennet schob und zog ihn ein paar Runden. Schließlich schaffte es Sixten, sich aus Kennets hartem Griff zu winden.

Kennet lachte lauthals und schmiss den Walkman in ein Sofa. Emil schaute mit zitternden Lippen zu.

»Können wir uns nicht fertig machen und aufbrechen, Kennet?«

»Bevor der Tag um ist«, stimmte Johan irritiert zu. »Ich hole jetzt mal die Sachen.«

Kennet hob den kräftigen Plastiksack hoch, den sie im Zug mitgehabt hatten und der unbemerkt in einer Ecke gestanden hatte, und warf ihn Sixten zu. Der fiel beinahe um, als der Sack auf ihn donnerte.

»Den hier kriegst du, Sixy!«

»Wofür denn? Warum *ich*?«, stieß Sixten aus.

»Das ist die Extraausrüstung, von der mein Vater auf dem Video gesprochen hat.«

»Was ist das?« Johan musterte den Sack.

»Irgendein Schrott«, sagte Kennet. »Zeug, das kein Mensch braucht. Ich habe ihn noch nicht aufgemacht und denke auch gar nicht daran, es zu tun. Aber Sixten, der am ängstlichsten ist, kann den tragen. Das ist ja nur gerecht...!« Kennet lachte höhnisch. »Natürlich nur wenn du dich traust mitzukommen, Mädel!«

Sixten wurde ganz blass. Er hatte immer noch vor, diesen Ausflug hier nicht mitzumachen.

Aber das ging nicht. Sonst würde er *sein Gesicht verlieren*, wie die Japaner sagten. Er musste mit. Johan wollte sonst wahrscheinlich nichts mehr mit ihm zu tun haben. Alle die schönen, gemeinsamen Stunden mit Weltraumberechnungen wären dann vorbei. Und Kennet ärgerte Sixten außerdem ganz unbeschreiblich. Er biss die Zähne zusammen.

»Ok, ich nehme ihn.«

Johan sah Sixten an. Als wollte er kommentieren, dass Sixten seine Meinung geändert hatte und mitzukommen gedachte. Stattdessen sagte er nur:

»Es ist gut, dass wir eine vernünftige Ausrüstung mitnehmen.«

»In den Schränken findet sich massenhaft Zeug.« Kennet breitete die Arme aus. »Ich weiß nicht, was mein Vater hat alles hierhin schicken lassen. Windsäcke, Spaten, Hunderte Pullover, dicke Socken, Schneebrillen, Rentierfelle und andere Unterlagen, Notradiosender, Kompasse, Verbandskästen, Sturmküchen in allen Größen, Zelt und Schlafsäcke, Stahlthermoskannen und Daunenjacken. Aber auf all das könnt ihr pfeifen!«

Kennet schlug mit der Faust auf den Tisch. »Leute, wir sind nur ein paar Stunden draußen bei sonnigem Wetter. Es ist Unsinn, sich so voll zu packen, dass die Beine wackeln. Ich werde es jedenfalls nicht tun. Sixy meint ja, das Wetter da oben kann ganz schnell umschlagen – sozusagen im Handumdrehen ...!«

Kennet wand seine graue und etwas schmutzige Handfläche nach oben.

»So was passiert schon nicht. Vertraut mir! Das merkt man Stunden vorher, wenn es auffrischt und sich zuzieht. Dann machen wir uns schleunigst auf den Rückweg oder kriechen in irgendeine Hütte, während es stürmt.«

Kennet setzte fort: »Eine Jacke muss man ja leider mitschleppen. Einen Anorak, was winddichtes, kann man ja anziehen. Einen mit einer großen Tasche, damit man genügend Platz für Süßes hat.«

»Süßes ist gut.«, sagte Johan. »Auch wenn sie als *leere Kalorien* bezeichnet werden. Die machen nicht so voll!«

»Warum sollen wir alles selbst tragen?«, sagte Emil. »Können wir nicht ein Ren fangen, das einen Schlitten für uns zieht...?«

»Trottel!«, sagte Kennet. »Um ein Ren einzufangen, muss man ein Lasso werfen können. Das kannst du schon mal gar nicht. Und für das Wenige, das wir mitnehmen, brauchen wir kein Zugtier. Quatsch! Ich habe den Wetterbericht im Radio gehört. Sie versprechen schönes Wetter hier oben für die nächsten Tage... Vielleicht etwas windig aber nicht der Rede wert. Mein Gepäck wird so leicht wie möglich, dann schneidet es nicht auf den Schultern. Wir gehen ein paar Stunden in der Sonne. Dann – wenn wir wollen – können wir in einer Hütte mit Holzofen pennen. Da gibt´s schon Unmengen von Sachen. Und am nächsten Morgen spazieren wir hierhin zurück. Wovor hast du Angst, Sixy?«

Kennet warf sich prustend in ein Sofa.

Sixten dachte: Hat er es wirklich geschafft, den Wetterbericht im Radio anzuhören?

Das Misstrauen Kennet gegenüber kam zurück. Aber jetzt konnte Sixten nicht mehr zurück.

»Da oben in der Hütte gibt es sogar was zum Futtern.«, kam es von Kennet, der ausgebreitet auf dem Sofa lag.

»Und wem gehört das Essen?« Johans Stimme klang scharf.

Kennet zuckte die Achseln. »Es gibt immer ein paar Konserven und Knäckebrot an diesen Stellen. Und Zucker, Kaffee und Spiritus. Das können wir nehmen, dann müssen wir es nicht selbst schleppen.«

»Ist dieser Vorrat nicht für den Notfall?«

Kennet grinste. »Sachen sind für die, die sie sich nehmen. Hast du das noch nicht begriffen?«

»Ich stecke mir eine Apfelsine in die Tasche.«, sagte Emil. »Für so ein kurzes Stück.«

Johan schüttelte den Kopf.

»Die Tour ist bedeutend länger als ihr versucht, sie aussehen zu lassen. Die erscheint vielleicht kurz aber ... Seht euch die Karte an und vergleicht mit der Kilometerleiste oder wie das auch immer heißt...!«

»Kritzele nicht in die Karte und mach sie nicht kaputt!«, schrie Kennet.

»Ich nehme mir jedenfalls was mit, damit ich unterwegs was essen kann.«, sagte Johan. »Und einen Extra-Pullover.«

»Ich auch.«, stimmte Sixten ein. Er zögerte ein paar Sekunden und setzte dann hinzu: »Mir wird so schnell kalt...«

Das sah man seiner mageren Figur ja an. Aber Kennet stand auf und äffte ihm nach: »Mir-wird-so-schnell-kalt! Du würdest wohl am liebsten ein großes Feuer mitnehmen, was?«

Johan schaute wieder so vorwurfsvoll zu Sixten. Aber Sixten starrte zurück und dachte: So ist es einfach, ich kann nichts dafür. Er sagte es nicht laut. Er hatte keine Lust darüber zu reden.

Als Sixten nichts sagte, setzte Johan fort:

»Dann lasst uns jetzt endlich fertig werden und aufbrechen.«

Kapitel 11

Kennet stürzt

Eine halbe Stunde später hatten die Jungen die Hütte in dem schattigen Tal verlassen und kamen nun rauf in die blendende Sonne der kahlen Gebirgshänge. Schnell wurde es warm.

Johan und Sixten zogen ihre Pullover aus, die sie unterm Anorak trugen. Sixten setzte sich die Schutzbrille auf. Von Kennet erntete er nur das gewohnte höhnische Grinsen. Er fragte, ob Sixten einen 3-D-Film ansehen wolle. Kennet und Emil hatten leichte Ausrüstung dabei; in ihren Rucksäcken fand sich fast nichts. Sie juchzten der herrlichen Sonne entgegen und erhöhten das Tempo. Bald waren sie weit entfernt.

»Die sind bald total kaputt.«, meinte Johan. Er und Sixten sahen aus wie zwei Schnecken, mit dem Haus auf dem Rücken, als sie dort Seite an Seite sachte vorwärts glitten. Der Schnee war streckenweise weich, manchmal harschig.

Nun waren er und Johan wieder zusammen, dachte Sixten. Er fragte sich, ob Johan wohl was über Kennet sagen würde, darüber wie schlecht sich Kennet Sixten gegenüber benommen hatte. Und dass Johan es bedauerte, dass er Sixten mit falschen Versprechungen hergelockt hatte. Er hatte ja praktisch versprochen, es würde lustig und erholsam.

Doch dann dachte Sixten an Mia. Wäre er nicht mitgekommen, hätte er sie niemals getroffen.

Aber Johan fuhr, ohne ein Wort zu sagen.

Johan hatte ja eigentlich nichts falsch gemacht, als er die Einladung annahm. Er konnte ja nicht im Voraus wissen, wie Kennet sich benehmen würde. Aber Sixten wünschte sich, dass Johan zeigen würde, dass sie immer noch beste Freunde waren und zusammen hielten. Das würde ihm guttun. Nicht dass Sixten sich nicht selbst gegen Kennet hätte wehren können. Aber es wäre gut, wenn Johan etwas darüber sagen würde.

Aber Johan zog es vor, über den Inhalt seines Rücksacks zu reden. Vielleicht, dachte sich Sixten, können wir später über Kennet diskutieren.

Johan sagte:

»Es ist besser, auf der sicheren Seite zu sein. Ich habe sogar unter anderem einen Spirituskocher und Trockensuppen im Gepäck. Außerdem einen Extrapullover, weil ich … weißt du, ich erinnere mich noch gut daran, wie schrecklich ich an diesem Ostersamstag in diesem Unterstand gefroren habe … Und wenn man nichts mehr anzuziehen hat, weiß man nicht, was man machen soll. Man kann sich ja keinen

Pullover von einem anderen schnappen, der selbst friert...«

»Nein, das ist mir klar.«, sagte Sixten.

»Einen Windsack habe ich auch noch, falls du weißt, was das ist.«, sagte Johan.

Sixten nickte: »Darüber habe ich gelesen.«

»Und einen Spaten, wie du siehst.«, setzte Johan fort.

»Willst du dich eingraben?«, lachte Sixten. »Dann sag mir zuerst Bescheid.«

Johan runzelte die Stirn. »Willst du jetzt anfangen wie Kennet, der Miststreuer? Es würde ja nichts schaden, wenn du auch etwas dabei hättest, ein Zelt zum Beispiel.«

»Aber die Sonne scheint ja so warm und herrlich und es ist total windstill!«

»Apropos Kennet,« setzte Johan fort und warf Sixten einen Blick zu. »Du solltest ihm eins aufs Maul hauen, damit er endlich mit diesem ewigen *Sexy-Sixy* aufhört.«

Da war es. Auch wenn es nicht exakt die Worte waren, die sich Sixten erhofft hatte. Gut! Die wärmten jedenfalls. Sixten lächelte.

»Mit solchen Leuten wie Kennet, kenne ich mich ein wenig aus. Die wissen es einfach nicht besser. Willst du mal meine Theorie hören?«

»Was meinst du denn?«

Auf diesen Augenblick hatte sich Sixten gefreut. Er hatte Johan einiges zu erzählen.

»Solche wie Kennet«, sagte Sixten, »laufen herum und meinen, alle anderen würden sie im tiefsten Inneren verabscheuen. Und die beste Art und Weise, es ihnen zurückzugeben – sich zu rächen – ist, so arrogant und bescheuert zu sein, wie es nur eben geht.«

Johan sah nicht so ungeheuer interessiert aus. Aber er fragte trotzdem:

»Wie hat denn alles angefangen? Hast du eine Erklärung? Wie kommt es, dass sich jemand wie Kennet so abgelehnt fühlt? Das kann er ja nicht schon seit seiner Geburt haben...!«

Sixten sagte:

»Sicherlich fühlt er sich ungerecht behandelt.«

»Von wem?«

Sixten setzte fort:

»Mein Bruder Tobbe hat erzählt, dass er von so einem Typ verfolgt wurde. Benny hieß der. Benny ärgerte und provozierte Tobbe, immer wenn er ihn sah. Benny meinte wohl, Tobbe sei ein viel besserer Torwart als er selbst.«

»*War* Tobbe denn ein besserer Torwart?«

Sixten rieb sich das Ohrläppchen.

»So war´s. Mein Bruder war im Tor besser als Benny. Wenn die Jungens ihre Mannschaften auswählten, nahmen sie immer Tobbe zuerst. Benny musste warten oder nach Hause gehen. Oder im Feld spielen, aber da war er noch schlechter. Da rächte sich Benny dadurch, dass er alle ärgerte, am meisten Tobbe. Obwohl der ihm nichts getan hatte. Jedenfalls nicht mehr als ein besserer Torwart zu sein, meine ich.«

»Ganz schön kompliziert.«, sagte Johan.

Sixten lachte.

»Eigentlich schon. Sie hätten nur ein einziges Mal Benny in die Mannschaft nehmen sollen und ihm sagen, dass er gut ist – dann wäre er wahrscheinlich auch gut geworden, oder wie?«

»Vermutlich hätte es das Problem gelöst.«, antwortete Johan und gab sich einen kräftigen Schwung mit den Stöcken. Sixten hielt mit. Das gefiel ihm: Johan und er zusammen. Sie diskutierten wichtige Dinge und quatschten nicht wie...

»Die anderen Jungs meinten, es gäbe eine andere einfache Lösung. Mein Bruder sollte Benny verkloppen, dann wäre Schluss mit den Gemeinheiten. Aber Tobbe dachte nach und hatte eine andere Idee. Eines Tages ging er zu Benny nach Hause. Er hatte das Wertvollste dabei, das er besaß, den größten und schönsten Beutel mit Murmeln. Du weißt, solche aus Glas ...«

»Ja, ich weiß«, sagte Johan.

»Als Benny die Tür öffnete, hielt ihm Tobbe den Beutel hin und sagte: Die sind für dich, Benny. Weil du ein so netter und feiner Kerl bist und im Tor sicherlich besser als ich!«

Johan verzog das Gesicht. »Äh. Wie kindisch. Was passierte?«

»Benny wurde ganz rot im Gesicht. Er musste zum Klo rennen und sich mit kalten Wasser waschen, damit er nicht anfing zu heulen. Und dann wurden sie dicke Freunde, Benny und Tobbe.«

Johan spuckte in den Schnee.

»Davon glaube ich kein Wort. Man kann sich doch nicht mit Glasmurmeln Respekt verschaffen. Nicht mal dadurch« - meinte er- »dass man gut in Mathe oder Astronomie ist.«

Sixtens Gesicht verdüsterte sich.

»Redest du jetzt von mir? Was meinst du?«

»Kennet ist doch wohl der größte Arsch, der mir jemals begegnet ist. Dem muss man vielleicht mal eine knallen«, sagte Johan scharf. »Aber das musst du selbst wissen, Sixten. Denk dran, dass wir jetzt nicht zu Hause sind. Hier sind wir im Gebirge. Hier geht es darum, zu überleben ... bis morgen...«

Sixten verstand nicht ganz, was Johan meinte.

Das hörte sich an wie aus einem gruseligen Krimi. Sixten fühlte einen Druck in der Magengegend. Warum drückte sich Johan nicht etwas verständlicher aus? Sie waren doch schließlich Freunde.

Kennet und Emil konnte man jetzt nur noch als kleine schwarze Punkte auf dem Gebirgshang erkennen. Aber Sixten konnte das Tempo nicht mithalten. Er hatte Kennet versprochen, den Extrasack mitzunehmen, und der lag jetzt schwer auf seinem eigenen Rucksack. Er fragte sich, was der wohl beinhaltete. Vielleicht Trockenfrüchte und Seile fürs Bergsteigen. Er dachte nicht weiter darüber nach.

Johan und Sixten setzten ihren Marsch fort. Sie sprachen nicht so viel miteinander. Die Kräfte wurden fürs Skilaufen gebraucht.

Sixten überlegte dabei, wie Kennet wohl von innen aussehen könnte. Was in ihm ablief, wenn er *Sexy-Sixy* schrie oder *Idiot* und alle anderen Beleidigungen.

Wenn Sixten selbst mal voller Wut einen Freund, seine Mutter oder seinen Bruder anschrie ‚Halt die Klappe!' oder ‚Hör auf jetzt!', dann tat ihm das ein wenig weh in der Brust. Eigentlich wollte er solche Worte nicht gebrauchen, trotzdem machte er es ab und zu.

Deshalb hätte Sixten gerne Kennet geöffnet, so wie man in den Märchen bei einem Haus das ganze Dach anhebt. Er hätte gern gesehen, welche Signale aufleuchteten und welche Lampen in Kennets innerem Maschinenraum blinkten, wenn er jemanden mit ‚Idiot!' anbrüllte, auf seine überhebliche Art. Oder wenn er höhnisch fragte, was man über Fan Wing-Fliegen wusste. Machte es Kennet absolut gar nichts aus, wenn er seine Schimpfworte ausstieß? Ginge es Kennet nicht besser, wenn er über Fliegenfischen erzählen könnte, statt sich darüber zu freuen, dass er der einzige war, der davon Ahnung hatte?

Aber genauso wenig, wie man ein Hausdach anheben konnte, war es in Wirklichkeit möglich, in einen Menschen hineinzusehen und an Signalen und Lämpchen zu erkennen, wie dieser dachte und fühlte.

Man musste weiter darüber nachdenken, sich damit zufrieden geben und versuchen, aus den Erfahrungen zu lernen.

Vielleicht würde jemand eines schönen Tages Kennet gegenüber das Richtige tun oder ihm die richtige Antwort geben, so dass der sich öffnete und verwandelt wurde – so wie man eine Tür mit dem richtigen Zahlencode öffnen konnte.

Eine halbe Stunde lang stakten sie weiter. Ein schwacher Gegenwind war aufgekommen, der das Vorankommen noch erschwerte.

Sixten sah, dass auch Johan schon recht erschöpft war. Deshalb schlug er vor:

»Wir machen eine kleine Pause.«

»Dann holen wir die anderen nie ein.« Johan stützte sich auf seine Skistöcke und schaute aufwärts in das glänzende Weiß und Graublau.

Sixten fand das nicht so wichtig. Laut sagte er:

»Ich habe übrigens eine dieser unzerbrechlichen Thermoskannen mit heißem Kakao gefüllt.«

Da gab Johan auf. Sie setzten sich hinter einen großen, mit Schnee bedeckten Stein. Der Kakao schmeckte herrlich und wärmte schön. Aber der Wind blies auch hinter den großen Stein und es wurde Zeit, die Pullover wieder anzuziehen. Wolken von Pulverschnee zogen über den Hang.

»Wir sollten vielleicht daran denken umzukehren«, sagte Johan und schaute sich um.

»Jetzt nicht«, meinte Sixten. »Das geht nicht, so lange wir keinen Kontakt zu den anderen haben.«

»Nun geht es um uns«, sagte Johan.

»Was meinst du?«

Johan antwortete in einem scharfen Ton:

»Sie sind voraus gegangen, Kennet und Emil, auf eigene Verantwortung.«

Sixten schaute ihn an. Das war ein härterer Johan als der, den er aus der Stadt kannte.

Oder – war es so, dass Sixten niemals wirklich gewusst hatte, was für ein Kerl Johan wirklich war?

Sie kannten einander seit einigen Monaten und hatten sich nach der Schule getroffen. Aber ihre Freundschaft war niemals auf die Probe gestellt worden. Sixten konnte sich nicht daran erinnern, dass sie sich auch nur ein einziges Mal gestritten hätten. Streit war ja nichts, was man sich gewünscht hätte. Aber andererseits konnte man ja, wenn man sich nach einem Streit wieder vertrug, hinterher noch bessere Freunde werden. Sixten dachte daran, dass es meistens er war, der rüber ging um Johan zu treffen, umgekehrt war es eher selten.

Sie zogen die Skier wieder an und stiegen weiter aufwärts. Die Sonne verschwand ab und zu hinter graudiesigen, fransigen Wolken und es wurde ein wenig dunkler über den Weiten. Obwohl es erst drei Uhr war, mitten am Tag.

Es fing an zu schneien.

»Ist das, was der Wetterdienst schönes Wetter im Gebirge nennt? In dem Fall – was ist dann schlechtes Wetter?«, rief Sixten Johan zu. »Glaubst du, dass Kennet das am Radio richtig verstanden hat?«

Sixten dachte insgeheim, dass es ja keinen Beweis dafür gab, dass Kennet überhaupt den Wetterbericht gehört hatte.

Johan antwortete nicht. Vielleicht hörte er es nicht. Die fallenden Flocken und der wirbelnde Pulverschnee erschwerten die Sicht jetzt immer mehr.

Johan zog das Tempo ein wenig an. Noch konnte man den Skispuren von Kennet und Emil gut folgen. Aber die beiden mussten doch weit voraus sein. Hatten sie vielleicht schon die Hütte erreicht, von der Kennet gesprochen hatte?

Es wäre schön, dort anzukommen und sich vor ein brennendes Kaminfeuer sinken zu lassen, dachte Sixten. Ordentlich zu essen und in den Schlafsack zu kriechen. Er fühlte seine Beinmuskeln und den Rücken; es stach und schmerzte. Wenn man sich hinsetzen und ausruhen könnte!

Die wirbelnden Schneekristalle waren wie Nadeln und weckten Sixten aus seinen Träumen. Er konnte nicht weit sehen, alles war weiß. Sie würden doch noch den Weg finden? Zum ersten Mal merkte Sixten, wie schwer das Gepäck auf den Schultern drückte. Trotz des Sturms und des Schnees hatte er Schweißtropfen auf der Stirn. Sixten hatte leichte Bedenken, es nicht zu schaffen. Vielleicht war er gezwungen, den Sack von Kennets Vater abzuwerfen.

Johan war ein Stück voraus gefahren. Er hatte dort vorne angehalten und schimmerte durch das Schneegestöber.

Sixten entdeckte, dass Johan nicht allein war. Als er näher kam, sah er, dass der andere Emil war.

Emils Kleidung war schneebedeckt. Das Gesicht war rot, die Lippen zitterten. Tränen waren zu Eis gefroren und hingen wie weiße Linien an seinen Wangen.

Wo war Kennet? Um sie herum waren nur schwarze Felsen und Eisfelder.

»Da unten!«, schrie Emil und zeigte nach unten. *»Kennet ist in eine Spalte gestürzt, die er nicht gesehen hat!«*

Kapitel 12

Der Windsack

Johan brüllte durch den Wind: »Kann er nicht wieder hoch klettern?«

Mit seinen steifen Lippen antwortete Emil:

»Ich weiß nicht. Er sagt nichts, wenn ich rufe.«

Johan fluchte.

»Warum musste er sich auch so beeilen?«

»Ja, das habe ich auch versucht ihm zu sagen«, heulte Emil. »Mehrere Male. Aber dann fuhr Kennet nur noch schneller. Dieser ... Idiot! Und plötzlich sah ich ihn gar nicht mehr... er war spurlos verschwunden. Einfach weg!«

»Ihr hättet auf uns warten sollen!«, schrie Johan.

Sixten fand es wenig sinnvoll, sich über verschüttete Milch Gedanken zu machen. Emil zitterte. Ob nun vor Kälte oder vor Wut wusste man nicht. Vielleicht hatte er Angst. Außerdem hatte er sicherlich keinen Pullover unter dem Anorak.

Sixten versuchte sich so hinzustellen, dass Emil ein wenig im Windschatten stand, während sie entschieden, was getan werden konnte.

Johan starrte sie an.

»Ihr könnt doch nicht einfach nur so da herumstehen!« Er nahm den Rucksack ab. »Hier sind Windsack und Spaten. Da drinnen liegt die Kochausrüstung. Sehr ihr die große Schneewehe da drüben? Grabt in die Seite ein Loch, kriecht rein und zieht den Windsack drüber!«

Es war kaum zu verstehen, als er durch den immer stärker werdenden Wind schrie:

»Setzt euch auf die Isomatte, damit ihr euch nicht den Hintern abfriert. Versucht ...« Der Wind führte die Worte mit sich wie Fetzen, sie schienen aus verschiedenen Richtungen zu kommen. »... euch etwas Warmes zu machen ... die Sturmküche. Ich krieche vor ... gucke ... ob ich ihn sehe ... Kennet...!«

Emil schien es besser zu gehen, jetzt wo er nicht mehr allein war und gesagt bekam, was er tun sollte. Sixten ließ ihn das Loch in die Schneewehe graben. Sixten verstand, dass Eile geboten war, denn der Wind wurde kälter und kälter. Kennet würde der derjenige sein, der die Wärme am meisten benötige.

Er selbst versuchte, den Windsack und die andere Ausrüstung aus Johans Gepäck zu ziehen, das mehr und mehr zum Schneehügel wurde.

Als Emil fertig war, wickelte Sixten den Windsack aus und befahl Emil mit anzugreifen. Der Sack war wie ein

Fallschirm. Der Sturm packte das orangefarbene Tuch und hätte die beiden Jungen beinahe überrumpelt und mit sich mit gezogen. Das Ganze war unerhört anstrengend.

Schließlich saßen sie jedenfalls auf der Sitzunterlage und hatten den Sack über sich. Da drinnen war es bedeutend weniger kalt und windig.

»Ich hoffe, Kennet hat sich nicht verletzt«, sagte Sixten.

»Kennet...«, murmelte Emil durch die Zähne. »Dieser Scheißkerl ... musste ja so schnell fahren. Das war pures Glück, dass ich nicht darein gefallen bin, ich auch noch...«

Sixten baute die Sturmküche auf und öffnete ein Päckchen Fruchtsuppe. Mit steifen Fingern schüttete er Spiritus in das, was er als Brenner ansah, stellte das Ganze auf einen Dreifuß auf dem Boden und zündete es mit einem Streichholz an. Emil starrte ihn an, während er Schnee in den Kochtopf gab und die Suppe dazu gab. Bald verbreitete sich ein warmer, appetitlicher Duft.

»Wo ist Johan? Nun müsste er eigentlich kommen und sagen, was los ist«, sagte Sixten. Man konnte nicht heraus schauen; es war keine Öffnung im Windsack.

Brot und Butter gab es ebenfalls in Johans Gepäck, und einen Becher. Sixten hatte seine eigene Tasse von der Thermosflasche.

Emil nahm sich hastig und schlang das Essen herunter, als wenn er seit Tagen nichts bekommen hätte.
Obwohl Sixten eigentlich das warme Getränk für Johan und Kennet gedacht hatte.

Plötzlich wurde ein Stückchen Tuch angehoben und Johan zwängte sich rein. Er warf sich nieder, zog die Mütze ab und strich die Eiskruste von seinem nassen Gesicht.

»Ich kann ihn sehen. Er liegt sechs, sieben Meter tief.«

»Ist er verletzt? Er lebt doch wohl?«, stieß Sixten aus.

Johan schüttelte den Kopf.

»Ich habe gerufen. Aber er hat sich nicht gerührt.«

Emil fing an zu weinen.

»Dieser Dumm... kopf«, schluchzte er. »Ich bin sein ... bester Freund. Aber er musste ja ... dieser Angeber ... von mir wegfahren... Er ist selbst Schuld! Ich will hier weg... Ich will nicht auch noch ... in diesem schrecklichen Schnee ... begraben werden....!«

Johan wärmte sich die Hände an dem Becher, den Sixten ihm gereicht hatte.

»Wir müssen raus und ihm helfen«, rief Sixten und stopfte sich das letzte Brotstück in den Mund.

Johan schlürfte die heiße Fruchtsuppe.

»Ah«, sagte er. »Daran ist nicht zu denken.« Er setzte fort: »Wenn wir die richtigen Sachen hätten, hätten wir vielleicht was machen können. Aber wir haben ja nicht mal ein Seil...«

»Kann nicht trotzdem jemand runter klettern... und ...?«, sagte Sixten. »Ein paar Gürtel anbinden... irgendein...«

Eine harte Windböe donnerte gegen das Tuch des Windsacks und ließ diesen wild flattern und knattern. Sie hielten ihn mit allen Kräften. Johan schrie:

»Emil hat recht, verstehst du, Sixten...!«

»Wie Recht?«

»Je länger es dauert, umso größer ist die Gefahr, dass wir alle zusammen hier erfrieren... Kapierst du?« Johan starrte Sixten an.

Sixten kam es so vor, als sei es auf einmal kühler im Windsack geworden.

»Kennet ... Kennet ... ist ... sicher.... sicher jetzt wach....«, keuchte er.

Johan machte weiter, als hätte er nichts gehört.

»Es ist, wie Emil gesagt hat. Wir werden hier begraben, wir auch.«

»Wir werden *nicht* begraben«, protestierte Sixten. »Ich habe gelesen, dass man in so einem Windsack ein paar Tage sitzen kann. Der Schnee wird von ihm runter geweht! Einer von uns muss die ganze Zeit hier drinnen bleiben und ihn festhalten, während die anderen Kennet rauf holen!«

»Von so was hier hast du keine Ahnung!«, zischte Johan. »Du siehst die Gefahr nicht. Wenn wir es schaffen wollen, dann müssen wir so schnell wie möglich wieder runter in bewohntes Gebiet!«

Sixtens Lippen zitterten. »Wie sollen wir Kennet mitnehmen, wenn wir so eine Eile haben?«

Johan griff ihn hart an der Schulter. »Sooo – du magst Kennet so sehr? Das habe ich vorher nicht gemerkt!«

Genau da legte sich der Wind und es wurde für einen Augenblick totenstill im Sackzelt.

»Der Sch... Scheiß...kerl«, schnaufte Emil in den Suppenbecher. »Der würde für mich nicht .... sein Le ... Leben opfern...!«

»*Nein!*«, schrie Sixten.

Kapitel 13

Die Skistöcke!

»Lasst euch endlich etwas einfallen .... damit wir ihn raus bekommen!«, rief Sixten. »Kennet ist nicht tot! Das kann nicht sein! Aber es kann sich nur noch um Minuten handeln, bis er starke Erfrierungen erleidet!«

Der Wind donnerte drohend gegen die Zeltwand.

»Das sind keine Minuten mehr!«, antwortete Johan.

Emil nickte heftig.

»Noch eine Weile und ich er... erfriere. Da bin ich g...ganz sicher...!«

Johan starrte auf den Boden der Schneehöhle und sagte:

»Die können vom Ort rauf fahren und Kennet helfen. Begreifst du nicht, Sixten, dass das das Beste ist? Die haben Zugleinen und Schneeskooter und all so was...« Johan hob den Kopf, begegnete aber nicht Sixtens Augen. »Wir haben die Verantwortung für Emil und ... uns selbst!«

Sixten versuchte, im Halbdunkel Johans Blick zu erhaschen, aber das ging nicht.

»Meinst du wirklich?«

Johan antwortete schnell:

»Meinst was?« Er murmelte mit wütender Stimme:

»Ich versuche, dir das verständlich zu machen. Aber wir verlieren nur Zeit!«

Sixten griff Johans Schulter. »Verständlich zu machen, ... dass wir drei losfahren sollen ... einfach so...?«

Emil schluchzte: »Er kümmerte sich kein bisschen darum, ob ich mitkam oder nicht.« Emil schoss ein Gedanke durch den Kopf. »Vielleicht sah er sogar die Spalte, wollte selbst drüber steigen und mich reinfallen lassen...! Deshalb hat er natürlich .... nicht geschrien!«

Sixten schüttelte den Kopf und versuchte, es klarzustellen. »Was sagst du eigentlich, Emil?«

»Kapierst du nicht?«, antwortete Johan hart. »Kennet wollte Emil reinlegen. Sonst hätte er doch geschrien und ihn gewarnt! So einer ist Kennet, hast du das noch nicht verstanden? Du hättest hören sollen, wie er mir vorschlug, er und ich, wir sollten dich und Emil *einseifen*. Dieser Kennet taugt nichts!«

Sixten schüttelte wieder den Kopf. »So was macht doch keiner. Dafür habt ihr keinen Beweis!«

Emil fügte gehässig hinzu:

»Er ist ein schlechter Freund. Das hast du ja wohl gemerkt, Sixten. Er war das die ganze Zeit, *immer*, mir gegenüber. Der hätte mich nicht vor der Spalte gewarnt...!«

Es wurde wieder still im Windsack. Die Stille war so dicht, dass man selbst den Sturm nicht merkte, der sich mit erneuter Kraft gegen den imprägnierten Zeltstoff um sie herum warf.

»Also, ihr meint... «, sagte Sixten langsam. »Weil sich Kennet so mies uns gegenüber benommen hat, sollen wir abhauen... und ihn erfrieren lassen...?«

Johan sagte kühl:

»Du vergisst, dass er vermutlich schon gar keine Hilfe mehr braucht...«

Sixten schlug mit der Faust in die Schneewand.

»Gerade hast du noch gesagt, dass er Hilfe aus dem Ort kriegen könnte!«

Emil klapperte mit den Zähnen. Das hätte Sixten auch gekonnt, dachte der, wenn er gewollt hätte. Er versuchte seine Zähne im Zaum zu halten. Die Tränen übrigens auch. Er starrte Johan an, der nervös mit der Hand am Zelttuch zupfte. Johan, der so viele nützliche Dinge mitgenommen hatte, um klar zu kommen, falls das Wetter schlechter würde. Hatte er nicht geplant, die mit Kennet zu teilen, falls der sie gebrauchen würde? Klar, Kennet war ein Mistkerl, aber trotzdem...

Sixten fühlte etwas Warmes unter den Augen und wusste nicht, ob es Schmelzwasser war oder etwas Anderes.

Plötzlich hatte er eine Idee, eine prächtige, glänzende Idee, wie er fand. Er stand auf und krächzte:

»Ich hab's! *Die Skistöcke!* Wenn wir unsere Skistöcke aneinander koppeln, bekommen wir ein starkes, gutes Seil!«

Sixten presste sich unter dem Windsack durch und fand mit einigen Schwierigkeiten die fast eingeschneiten Skistöcke. Er versuchte, deren Ösen und Schlingen miteinander zu verknüpfen und zu verknoten.

Der Wind biss und brannte im Gesicht und Sixten fror. Wenn man seine eigene Haut in Sicherheit bringen wollte, dann sollte man natürlich mit Rückenwind runter in den Ort verschwinden. Klar, das wäre am schlauesten. Warum musste ausgerechnet er diese schwere Verantwortung übernehmen? Emil war ein viel engerer Freund von Kennet und Johan war das Gebirge viel mehr gewöhnt als er selbst. Und stärker außerdem.

»Papa, was soll ich machen?«, dachte er.

Er sah das Bild seines Vaters Christer, mager, sehnig, mit hellbraunem Bart und den prüfenden, grauen

Augen vor sich. Er erinnerte sich daran, wie seine Mama immer sagte: »Christer, isst du niemals zu Mittag? Das kannst du nicht machen, so mager wie du bist.«

Sixtens Vater hätte genauso wenig von Schnee und Gebirge gewusst. Aber viel von starkem Wind. Sixten sah ihn deutlich vor sich am Ruder von *Gulli*, einem alten, 300-Tonnen-Schoner mit breitem Kiel, breitem Bug, mit Mast, Bugspriet und einer Winsch an Deck.

Eigentlich war der Vater Bankangestellter, aber daran konnte sich Sixten kaum noch erinnern. Gulli gehörte ihm zusammen mit ein paar alten Schulkameraden, die ebenfalls einen Job an Land hatten. Sie hatten das Schiff zusammen ausgerüstet und segelten es samstags und sonntags und in den Sommerferien im Schärengarten und im Mälarsee. Die Familien waren dabei.

Sixten erinnerte sich jetzt fast nur noch an die schönen Tage, wenn sie von der Reling aus getaucht waren, barfuß Verstecken gespielt oder abends oben an dem Tisch an Deck gegessen hatten. Wie glücklich alle waren, zumindest die Väter. Sixtens Mama und die anderen meckerten ab und zu darüber, wie schwierig es war, an Bord essen zu kochen oder sauber zu machen.

Manchmal befand sich auch Waren an Bord, 100 Säcke Kunstdünger, ein Bund Eisenrohr oder sogar ein Stier, der an allen Beinen festgebunden war. Denn Papa und seine Freunde kannten die Leute überall und nahmen ab und zu einen Frachtjob an, um ein wenig Extrageld zu verdienen, wenn mal wieder die nächste Rate für den Schoner fällig war.

Sixten zog und riss an den Stöcken und deren Schlingen, um sich über deren Reißfestigkeit zu versichern. Die durften nicht auseinander rutschen, sie mussten fest zusammen sitzen.

Gulli hieß nicht mehr *Gulli*. Nach dem Unglück hatten Papas Freunde sie verkauft. Manchmal, wenn er den Strandwegskai entlang ging, konnte Sixten den Schoner in der Ferne erkennen. Er war immer noch schwarz gestrichen, die Reling war die gleiche und auch die Persenning gedeckten Laderaumluken. Aber die Takelung war eine andere und sie hatten das Fahrerhaus verändert. Er drehte gewöhnlich den Kopf zur Seite. Aber er erinnerte sich trotzdem noch an den Duft von Teer, Öl und an die warmen Decksplanken unter seinen nackten Füßen.

An einem Oktobernachmittag waren sein Vater und einer seiner Freunde, der Henke hieß und der Ingenieur einer Autofirma war, mit *Gulli* rausgefahren. Sie wollten für einen Bauern, den sie auf der Insel Möja kannten, einen Traktor transportieren. Der Bauer brauchte den neuen Traktor dringend, aber er war noch nicht geliefert worden. Er hatte den Vater am Telefon gebeten und angefleht und eine gute

Bezahlung versprochen. Und da bald die nächste Vierteljahresrate fällig war, hatten Sixtens Vater und Henke versprochen rauszufahren... Sie hatten den Traktor im Hammarbyhafen geladen und sich um 15 Uhr auf den Weg gemacht, mit dem Versprechen, am nächsten Morgen wieder zurück zu sein.

Sixtens Vater Christer war immer der Skipper an Bord. Von ihm bekamen die anderen ihre Order. Weil er der entschlossenste und ordentlichste war, hatte Sixten gehört. Aber der Vater war auch beliebt, weil er niemals jemanden mit etwas beauftragte, was er auch genauso gut selbst erledigen konnte. Und weil er die Verantwortung für das übernahm, war er machte, und sie nicht von sich schob, wenn etwas schiefging.

Am Abend war im Schärengarten ein heftiger Sturm aufgekommen. *Gulli* kam draußen auf Kanholmsfjärden ins Rollen. Der Traktor löste sich und rutschte gegen die Reling. Der Schoner bekam starke Schlagseite und die Maschine stoppte. Sixtens Vater warf den Treibanker aus und befahl Henke, das Rettungsboot auszusetzen und *Gulli* zu verlassen. Henke wollte ohne Christer nicht gehen. Aber Sixtens Vater hatte gesagt, er wolle versuchen den Traktor zu starten, ihn zurück in die Mitte des Decks zu fahren und dann die Maschine wieder zu starten. Er hatte gerufen: Entweder bekomme ich *Gulli* wieder auf den richtigen Kiel und dann gebe ich dir ein Signal! Oder ich setze die Jolle aus und rudere an Land und du kannst mich dann auflesen! Hau jetzt ab, Henke!

Das war sein letztes Wort. Henke lag draußen im Gummiboot, hielt es mithilfe des Außenbordmotors auf der Stelle und sah – im Licht der Scheinwerfer, die über Deck irrten – wie Sixtens Vater es schaffte, den Traktor zu starten und zurück auf seinen Platz zu fahren. Das ging prima; der Schoner richtete sich merkbar auf. Christer verschwand unter Deck und Henke wartete darauf, *Gullis* Maschine laufen zu hören. Aber im selben Moment hörte man ein dumpfes Geräusch wie von einem Kanonenschuss. Der Schoner war auf ein Unterwasserriff gelaufen! Der Traktor rutschte heftig wieder über Deck und landete in der Reling. Das Herz in der Brust blieb mir stehen, hatte Henke gesagt, als ich *Gulli* kentern sah.

Der Sturm trieb eine Handvoll Eiskristalle mit sich, die in Sixtens Gesicht schmerzten. Schnee auf der Brille, Eis in der Nase, Sturm im Mund! Sixten zog den Anorak zurecht, sodass der dicht saß, und setzte seine Arbeit mit steifen Fingern fort. Er zog die Schutzbrille runter und schlängelte sich vor zur Spalte im Boden. Die schimmerte wie eine schmale Schlucht, knapp einen Meter breit, mit schwarzen Kanten und Streifen aus Eis. In der linken Hand hatte Sixten die zusammengesetzten Skistöcke. Der Gegenwind blies ihm unaufhörlich Schnee ins Gesicht. Dank der Schutzbrille ging es ganz gut.

Sixten hatte sich selbst versprochen, nicht immer wieder an seinen Vater zu denken, der tief unten im Maschinenraum eingeschlossen war, während sich *Gulli* mit Wasser füllte, ohne eine Chance, auf Deck zu gelangen und sich zu retten. Aber er machte es trotzdem, so wie jetzt. Was bedeuteten ein Schiff und ein Traktor? Oder warum hatte sein Vater nicht Henke, der ja Motoringenieur war, gebeten zu versuchen den Traktor in Gang zu kriegen? Wenn Christer ins Rettungsboot gesprungen wäre, statt zu bleiben, dann wäre er noch am Leben...

Sixten hatte manchmal versucht, mit seiner Mutter über *Gullis* Schiffsbruch zu reden. Er hatte seinen Vater fast dafür angeklagt, dass er so dumm gewesen war. Hatte er die Gefahr nicht erfasst? Aber die Mutter sagte nur: Du verstehst doch, Sixten. Wenn Christer ins Gummiboot gestiegen wäre und davon gekommen wäre, dabei aber *Gulli* und den Traktor verloren hätte, dann hätte er nie wieder raus auf See gewollt. Und dann wäre ihm das Leben nichts mehr wert gewesen.

Aber er hatte doch uns, Mama!, sagte Sixten. Er hatte doch uns! Waren wir denn nicht das wichtigste? Die Mutter schaute weg. Aber ihre Stimme war nicht bitter, sondern weich, als sie sagte: Wir sollten nun nicht so viel darüber reden, Sixten. Du wirst es besser verstehen, wenn du älter bist.

Es hatte lange gedauert, bis Sixten verstanden hatte. Nun tat er es.

Der Wind heulte an der Kante der Schlucht. Er schaute runter und sah Kennet dort oder besser gesagt den Kragen von dessen rot-blauen Anorak. Kennet lag bis zum Hals im Schnee. Man sah deutlich, dass er versucht hatte hoch zu krabbeln, aber der lose Schnee an den steilen Wänden hatte keinen Halt gegeben. Nun lag er ganz still.

»Hallo, Kennet! Hallo!« Keine Antwort. Kennet bewegte sich nicht. Sixten betete, dass er nicht tot war, sondern nur betäubt und dass der Schnee und die Bergwände ihn vor den eisigen Winden geschützt hatten.

Aber wie sollte er das rausfinden?

Er rief noch einmal. Aber nur der Wind heulte eine Antwort. Er fühlte in seiner Brusttasche. Darin hatte er eine Mischung aus Rosinen und Zuckerstückchen. Er hatte sich die Tasche damit gefüllt, weil er gelesen hatte, sie seien die besten Freunde des Skilangläufers. Er nahm eine Handvoll und warf sie runter in die Kluft.

Einige trafen Kennet. Ein paar Sekunden verstrichen und Kennet zuckte zusammen. Sixten sah deutlich, wie sich der Kopf bewegte!

Kapitel 14

Im Stich gelassen!

Kennet drehte langsam den Körper und versuchte rauf zu schauen.

Sixten wurde es trotz der Kälte ganz warm. Vielleicht hatte er nicht zu glauben gewagt, dass Kennet durchgekommen war.

»Ich-schicke-die-Stöcke-runter-wir-ziehen-dich-rauf!«, schrie er. »Kennet! Mach es an deinem Gürtel fest – hörst du? Den Gürtel durch eine Stockschlaufe, wenn du kannst!«

Sixten sah, wie sich Kennets Hand sachte bewegte und das Ende des *Stabseiles* ergriff. Er zog es zu sich hin. Schließlich kam ein schwacher Ruf. Sixten nahm es als Zeichen, dass Kennet klar war.

Die anderen Jungen mussten das Rufen gehört haben. Sie waren raus gekommen und lagen nun geduckt hinter Sixten. Er winkte sie nach vorn. Zusammen fassten sie an und zogen an den zusammengesetzten Stöcken. Das war schwer. Liegen ging nicht; sie mussten sich in den Schneeböen aufrichten. Aber der Wind kam dieses eine Mal aus der richtigen Richtung und half ihnen gewissermaßen.

Es knackte unglücksverheißend im *Seil*, in den Handschlaufen und Stocktellern. Aber sie hielten.

Endlich waren Kennets Schultern knapp unterhalb der Schluchtkante. Sie zogen ihn mit den Händen und wälzten ihn drüber. Er war ganz in Schnee eingebacken und kreideweiß im Gesicht.

»Mein Schädel..«, stöhnte er schwach. Dann verlor er das Bewusstsein.

Sie schleppten ihn in den Windsack. Dort wurde es so eng wie bei einem Klassentreffen in einem Telefonhäuschen. Aber Sixten war glücklich: Kennet war am Leben!

Er blickte die anderen an. Hatten die überhaupt darüber nachgedacht, wie es gewesen wäre, vor Kennets Vater zu treten? Sie hätten ihm sagen müssen, dass sie seinen Sohn seinem Schicksal überlassen hatten, sodass er in einer Gebirgsspalte erfror?

Emil und Johan sahen nicht besonders glücklich darüber aus, dass Kennet gerettet war. Ihre Münder waren zusammengekniffen und die Fäuste geballt.

Auch Sixten war nicht danach, in Freudengeheul auszubrechen. Kennet war nicht tot. Aber bewusstlos. Und es stürmte stark. Vor ihnen lag noch viel, bevor er – und die anderen – gerettet waren.

Johan und Emil saßen apathisch da und starrten auf den bewusstlosen Kennet. So ging das nicht. Sixten rief ihnen zu:

»Wir müssen loslegen und noch mal etwas Warmes machen. Kennet braucht das!«

Emil rührte sich nicht. Er sagte dumpf:

»Sixten, ich habe doch gesagt, dass ich nicht hier bleiben kann ... Ich bin dabei zu erfrieren...«

»Aber wir machen was Warmes zu futtern!«, rief Sixten.

Nun war es Johan, der den Kopf schüttelte.

»Das schaffen wir jetzt nicht mehr. Am besten wir machen uns davon ... Hilfe holen... sofort...!«

»Und Kennet hier lassen?«

Johans Gesicht verdunkelte sich und er schlug Sixten hart auf die Schulter.

»Kannst du nicht ein einziges Mal auf das hören, was *wir* sagen?«

»Wir können Kennet doch jetzt nicht verlassen!«, sagte Sixten zornig. »Wahrscheinlich hat er eine Gehirnerschütterung. Und er hat lange still im Schnee gelegen. Wir müssen ihn umziehen und ihm alle trockenen Kleider geben, die wir haben!«

Johan sagte tonlos:

»Nur ein Arzt kann ihm helfen.«

Wieder einmal schaute Sixten erstaunt. Er hatte gedacht, Johan und Emil hätten jetzt ihre Meinung geändert, als sie mithalfen, Kennet hoch zu holen. Er glaubte, dass sie auch zupacken würden, um Kennet zu retten. Wenn Johan das machte, würde Emil das gleiche tun.

Der Sturm heulte und zerrte an der Unterkante des Windsacks. Johan bewegte sich unruhig und schaute weg. Kennet stöhnte.

»Es geht nicht ihn jetzt zu verlassen– kapierst du das nicht?«, schrie Sixten auf.

»Daran hätte er früher denken müssen! Man ist nur für sich selbst verantwortlich!«, antwortete Johan genauso hart.

»*Ich* fahre nicht!«, sagte Sixten.

»Emil und ich erfrieren hier jedenfalls nicht!«

Es wurde wieder still zwischen ihnen. Sixten fing Johans Blick.

»Es ist also so: weil Kennet so blöd ist, geschieht ihm ganz recht, dass er hier liegt ... und erfriert?«

»Du solltest auch so denken – Sexy-Sixy...«, kläffte Johan.

Sixten wurde rot im Gesicht.

»Wir können Kennet auch nicht mitnehmen. Es wird nur schlimmer.«

Johan antwortete nicht.

»Ich fasse es nicht.« Sixten schluckte und schluckte. Es war wie ein schlechter Traum.

»Sollen Kennet und ich etwa allein hier bleiben...?«

Emil schnappte sich eine Scheibe Brot.

»Das kannst du selbst entscheiden.« Aber er schaute dabei nicht Sixten an, sondern Johan.

Johan stand auf.

»Emil und ich hauen jetzt ab. Vielleicht schaffen wir es schnell nach unten. Der Weg ist ja markiert.«

Sixtens Lippen zitterten; vergeblich versuchte er sich zu beherrschen. Sein bester Freund – hatte vor ohne ihn zu fahren...

Johan schlug hart auf seinen Rucksack.

»Verstehst du das nicht? Der Sturm nimmt zu und es geht uns jetzt schon schlecht. Bleiben wir, frieren wir mehr und mehr, bis... Hier kann man nicht allzu viel Rücksicht nehmen. Hier muss man klar sehen...«

Emil schnupfte in seinen Handschuh.

»Glaubst du, Kennet dachte an mich, als er mich fast in die Schlucht geluchst hätte?«

Wieder wurde es total still, abgesehen von Heulen des Windes. Sixten zog die Handschuhe aus und massierte die Hände. Sie wurden warm und prickelten. Das fühlte sich fast gut an. Er versuchte, nicht an die Füße da unten im Schnee zu denken, die immer kälter und kälter wurden. Und er versuchte nicht an Kennet zu denken, der einfach nur da lag...

Johan saß mit abgewandtem Gesicht und wühlte in seinem Rucksack.

»Wir schaffen es doch nicht, ihn zu transportieren. Siehst du nicht ein, dass die Lage hoffnungslos ist, Sixten?«

Sixten fand keine Worte. Er sah nichts durch die Brille. Er zog die Handschuhe wieder an. Langsam schüttelte er den Kopf, einen Kloß im Hals.

»Wir bräuchten einen Ackja.«, sagte Emil. »So einen mit Rentierfellen drin. Dann hätte ich mitgemacht.«

Er zitterte, schüttelte sich und setzte sich seine Anorakkapuze auf und knotete sie zu.

Johan schleppte seinen Rucksack und sagte tonlos:

»Noch was, Sixten. Der Windsack. Ich muss den Windsack mitnehmen.«

Sixten zuckte zusammen.

»Spinnst du?«, flüsterte er. »Dann landet Kennet ja –
verletzt wie er ist – draußen im Sturm...!«

»Wir müssen ihn haben, Emil und ich, um uns rein zu
wickeln, wenn wir nicht weiter kommen...«

Sixten merkte, wie ihm die Kälte das Rückgrat hoch
kroch. Das kam nicht von draußen, sondern von innen.
Das alles war ein schlechter Traum. Warum konnte er
nicht daraus aufwachen – und sich zusammen mit
Johan in einem warmen, bequemen Raum in der Stadt
befinden, gebeugt über ein Astronomiebuch?

Nein, übrigens. Dazu hatte er keine Lust mehr.

Er hörte Johans Stimme wieder:

»Ich lasse dir den Spaten hier. Da kannst du dich
weiter in die Schneewehe graben. Bau ein Iglu für dich
und Kennet...!«

Ein paar Minuten später waren Emil und Johan raus
aus dem Windsack und packten ihn zusammen. Sixten
saß da und versuchte zu verhindern, dass Schnee auf
Kennet geweht wurde. Er zog Kennets Anorakkapuze
so gut es ging über dessen Gesicht. In ihm brannte ein
bitterer Zorn. Er wollte schreien und weinen aber riss
sich zusammen.

Vorher hatte er sich versucht gefühlt, ebenfalls alles zurück zu lassen und einfach nur abzuhauen. Aber jetzt nicht mehr.

Sixten schauten zu den anderen herüber, die den Windsack in Emils Rucksack drückten. Ihm war klar, dass er nichts machen konnte, um sie hier zu halten. Und er selbst war sich nicht sicher, ob er noch 100 Meter schaffen würde, selbst wenn es ums eigene Leben ginge.

Sixten sah Kennet an. Kennets Gesicht sah jetzt weicher aus; das überlegene Grinsen war ausradiert. Kennet war immer noch bewusstlos. Ganz gut, denn so fühlte er weder irgendwelche Schmerzen noch die Kälte. Sixten streifte den Gedanken an den Tod und war fast eifersüchtig auf Kennet: der würde nichts fühlen...

Plötzlich fiel Sixten etwas ein. Er stand auf und ging zu Johan.

»In welche Richtung fahrt ihr?«

Johan zeigte mit dem Skistock. »Dahin. Richtung Süden.«

Genau wie Sixten befürchtet hatte. Johan war vom Schneetreiben verwirrt und hatte die Orientierung verloren! Wenn Sixten sie in diese Richtung losfahren ließ, konnte er sicher sein, dass sie sich verirrten und niemals ankämen. Das geschähe ihnen natürlich recht, wo sie ihn so im Stich ließen.

Er widerstand der Versuchung. Stattdessen schüttelte er den Kopf.

»Nein, hör zu.« Sixten zeigte nach oben. Ganz oben über dem Schneegestöber durch die Wolkenmassen war ein weißer Lichtschein zu sehen.

»Der Mond!«, rief Sixten. »Heute Abend haben wir Vollmond, deshalb scheint es so kräftig durch die Wolken. Das bedeutet, dass Süden *da* ist!« Sixten zeigte in eine ganz andere Richtung. »Ihr müsst in diese Richtung fahren, sonst landet ihr am Arsch der Welt. Versucht, den Mond die ganze Zeit auf der linken Seite zu behalten!«

Johan schaute ihn unsicher an. Konnte er Sixten vertrauen? Es dröhnte in Johans Kopf; eine Mischung aus Angst und Entschlossenheit. Er wusste, er musste los, los. Er war sich nicht sicher, ob er Sixten umarmen sollte, der da vor ihm stand mit dem Gesicht voller Eiszapfen, beschlagenen Brillengläsern und mit dem Mund nach Luft schnappend. Oder sollte er ihm eine knallen. Auf eine gewisse Weise hasste Johan ihn im Moment beinahe.

Konnte er Sixtens Wegweisung trauen? Er musste es wohl.

Johan nickte. Er umarmte ihn nicht, schlug ihn nicht, hob einfach nur kurz den Skistock als Gruß.

Johan und Emil verschwanden im Gestöber.

Sixten stand da wie betäubt und konnte kaum fassen, was passiert war. Aber die Wirklichkeit drängte sich auf: das Schneetreiben peitschte ihm schonungslos ins Gesicht. Am liebsten hätte er sich hinter einer Schneewehe versteckt und eine Weile geschlafen.

Aber ihm war klar, dass das nicht ging. Er musste sofort loslegen und etwas tun. Sonst wäre es ziemlich schnell aus sowohl mit ihm als auch mit Kennet. Vielleicht war es schon so weit. Sixten ahnte, dass in absehbarer Zeit keine Rettungsmannschaft zu erwarten war.

Ja, Kennet. Der verabscheute und streitsüchtige Kumpel, der still neben ihm lag.

Sixten biss die Zähne zusammen und begann, mit dem Spaten in der Schneewehe zu arbeiten. Er grub verbissen, aber bei jedem Spatenstich, den er zur Seite schaufelte, rieselte oder fiel genauso viel Pulverschnee wieder zurück.

Schließlich bekam er immerhin eine Grube zustande. Aber nach oben ging es nicht; das Dach wurde immer wieder vom Wind weggeblasen. Sixten fühlte sich gleichzeitig verschwitzt und verfroren. Und hungrig.

»Mama«, murmelte er. »Ich möchte Erbsensuppe und Pfannkuchen mit Marmelade...« Die Muskeln taten im weh, das Gesicht war taub. Sixten beneidete Kennet, der einfach da lag und sich nicht hoffnungslos und müde fühlen musste. Wenn man wenigstens einen Windsack als Dach gehabt hätte...

Da fiel Sixten der Beutel von Kennets Vater ein, den er den ganzen Weg mitgeschleppt hatte, der schwere Beutel *mit einigen neuen Sachen*. Vielleicht befand sich darin wenigstens etwas, das er um Kennet herum wickeln konnte?

Kapitel 15

Kennets Vaters Paket

Sixten kramte den Sack unterm Schnee hervor. Das erste, was er herausholte, war ein kleinerer, hart gepackter Beutel. Auf dem stand:

Extra starkes 2-Mann-Zelt fürs Gebirge, aus Polyeruthangewebe

Sixten traute seinen eigenen Augen nicht. Er beugte sich in dem schwachen Licht näher über das Etikett, um zu gucken, ob er falsch gelesen hatte. Aber nein!

Wenn er das Zelt aufbauen könnte! Sixten schüttelte den Kopf, um die Schneeflocken loszuwerden und die Müdigkeit aus den Augen.

Er breitete das glänzende, grüne Zelttuch auf dem Boden der Grube aus, die er gegraben hatte, fand die Öffnung und kroch mit dem Gestänge in der Hand hinein. Das Tuch schien zunächst zu groß für die Grube zu sein. Aber als Sixten die Stange in seinem Loch aufgerichtet und den Boden geglättet hatte, passte es haargenau. Es hatte einen rechteckigen Grundriss.

Die Sachen waren praktisch und handlich und bald stand das Zelt aufrecht. Statt alle Häringe einzuschlagen, schaufelte er außen Schnee rundherum. Aber einige der Häringe hämmerte er mit dem Spaten in die harte Erde. Das war schwer, aber schließlich saßen sie, wo sie hin sollten.

Das Gebäude stand stabil. Hurra! Sixten klatschte einen Applaus für sich selbst mit seinen eiskalten Händen; auch um wieder Leben in sie zu bekommen. Aber noch war viel zu tun.

Das Zelt war niedrig. Es reichte nur bis zur Oberkante der Grube. Sixten legte die Skier und Stöcke kreuz und quer über die Grube, um das Zeltdach zu schützen.

Dann griff er Kennet und zog ihn hinein. Rein ins Schloss.

Ja, es war fast wie ein Schloss, verglichen mit dem scheußlichen Schneetreiben draußen. Das Zelt wirkte auch bedeutend zuverlässiger als Johans Windsack.

Kennet war nicht bei Bewusstsein. Aber er schien jetzt ruhiger zu atmen und das Gesicht war nicht mehr so bleich. Er stöhnte leicht, als Sixten ihn hereinzog aber wachte nicht auf.

Sixten holte auch seinen Rucksack und das Paket von Kennets Vater ins Zelt. Und den Spaten, sicherheitshalber.

Nun war er neugierig, was sich sonst noch in Kennets Vaters Rettungspaket befand. Er grub und holte eine Menge Dinge hervor mit Aufschriften, eine wunderlicher als die andere.

Chemische Streichhölzer und einige dicke, kurze Stearinkerzen. *Brennen ohne Rauchentwicklung oder Geruch* stand da.

Im Zelt war es jetzt fast dunkel, sodass Sixten wirklich etwas zum Leuchten brauchte.

Er zündete eine der Kerzen an. Sie brannte sauber. Stille Bewunderung erfüllte ihn. Die kleine Flamme verströmte eine Sicherheit, die ihn aufatmen ließ. Nun kam es ihm nicht mehr so vor, als seien sie in großer Not, Kennet und er. Das Licht gab ihm Zuversicht.

Tiefer im Beutel befand sich ein Lager gefriergetrocknetes Essen: *Risotto, Fleischklößchen, Fischpfanne, Dillfleisch, Trockenmilch.* Sixten lief das Wasser im Mund zusammen.

Es war schon lange her, seit er das Butterbrot da gegessen hatte. Ein paar andere Pakete fielen ihm auf. Sie waren nicht größer als eine Rolle Haushaltspapier... Auf denen stand: *Rettungsdecke, Aluminiumdecke mit wärmereflektierender Eigenschaft. Hilft verletzten und unterkühlten Personen die Körperwärme zu behalten.*

Sixten schaffte es nicht mehr, sich über das Glück, das sie gehabt hatten, zu wundern oder über die Existenz einer höheren Macht nachzudenken. Sonst machte er das recht häufig; das lag ja nahe bei jemandem, der Astronomie studierte.

Falls es einen guten Gott gab – wieso ließ er dann überhaupt Unglücke geschehen? Darüber hatte Sixten oft nachgedacht – aber war zu keiner guten Antwort gekommen.

Wenn es einen Gott gab, der nicht gut war, der aber Gerechtigkeit wollte, war dann nicht das, was Kennet passiert war, genau so eine Sache, die ein solcher Gott arrangiert haben könnte, um Kennet für seinen Übermut zu strafen?

Aber warum musste da zum Beispiel auch er selbst, Sixten, in Lebensgefahr geraten? Während Johan und

Emil, die sich so feige benommen hatten (wie Sixten wirklich meinte), ungeschoren davon kamen?

Nein, er konnte darüber keine Klarheit erhalten. Falls er irgendwann wieder runter aus den Bergen und nach Hause in die Stadt kommen sollte, dann würde er einen noch genaueren Blick zwischen die Planeten werfen. Vielleicht gab es unentdeckte Antworten dort.

Kapitel 16

Die Rettung

Schnell zog Sixten sich und Kennet aus. Sie waren schon viel zu lange nass gewesen, vor allem Kennet. Als Sixten fertig war, zog er Kennet die wärmsten und trockensten Kleider an und wickelte ihn in die Rettungsdecke.

Sein Magen hatte sich erstaunlich lange ruhig verhalten. Nun begann er vor Hunger zu schmerzen und zu knurren.

Fleischklöße, die konnte seine Mutter am besten, gleich nach Erbsensuppe und Pfannkuchen. Sixten wählte den gefriergetrockneten Klops und kochte diesen auf. Die Gedanken an seine Mutter kamen wieder, aber er schob sie zur Seite. Er hatte jetzt keine

Zeit, darüber nachzudenken, ob sie schon erfahren hatte, dass sie vermisst wurden. Er hatte nicht einmal Zeit sich nach Hause zu sehnen. Er hoffte, dass dieser Fleischklops essbar war, wenn er auch nicht so gut war wie ihre... In dem Trockengericht waren rote und gelbe Stücke zu sehen: das waren Rote Beeten und Kartoffeln.

Plötzlich erwachte Kennet. Wovon auch immer – vielleicht von dem appetitlichen Duft.

»Sitzt du da und futterst, Sixy ... und gibst nichts....«, murmelte er schwach.

Als das Essen fertig war, fütterte Sixten Kennet.

»Kümmere dich um dich selbst, ich brauch kein Kindermädchen«, sagte Kennet. Aber er ließ sich auf alle Fälle von Sixten helfen. Als er ordentlich von dem Klops gegessen hatte, schlief er wieder ein.

Draußen stürmte es immer noch stark, das hörte man. Aber das Zelt widerstand den Windböen problemlos. Dieser Sturm ist für das Zelt bestimmt nur eine Kleinigkeit, dachte Sixten. Vielleicht hat es schon an irgendeiner Nordpolarexpedition teilgenommen oder ist an schreckliche Stürme und Hitze in Afrikas Wüsten gewöhnt. Jetzt war es sogar ein wenig wärmer im Zelt geworden. Sixten verstand, dass dieses merkwürdige Gewebe – Polyurethan – sowohl der Kälte der Eiswinde widerstehen als auch die Wärme der Kerzenflamme drinnen halten konnte.

Als Sixten fertig gegessen hatte, wurde auch er schläfrig. Aber er wollte erst bis zum Boden von Kennets Vaters Sack vorstoßen. Da unten fand er eine Dynamolampe, also eine Taschenlampe, die keine Batterien benötigte, sondern mit Kurbel betrieben wurde. Und dort gab es ein Notlicht. *Brennt zwei Tage und entwickelt roten Rauch.*

Manchmal heulte es draußen vor dem Zelt wie von Dämonen, manchmal war es totenstill. Die Stunden vergingen. Kennet lag bewegungslos in seiner Rettungsdecke. Aber er atmete und sah nicht mehr krank aus. Sixten lag in seinem Schlafsack auf einer Isomatte, wachte auf, schlief wieder ein.

Im Traum war er zurück an der Schlucht, in die Kennet gestürzt war. Johan und er kletterten runter. Zusammen schleppten sie Kennet rauf in die Sicherheit. Aber im nächsten Moment war Johan spurlos verschwunden.

Rund um Sixten und Kennet bedeckte der Sturm das Polyurethanzelt mit Schnee. Es wäre zusammengedrückt worden, wenn Sixten nicht vorausschauend die Skier und Stöcke über die Grube gelegt hätte.

Die Jungen schliefen die Nacht und den folgenden Tag. Am Abend aßen sie Risotto und tranken aufgelöste Trockenmilch dazu. Sixten grub sich raus.

Der Sturm hatte sich ein wenig beruhigt.

Auf den Ebenen und Felsen lag eine frische Schneedecke; alle Spuren waren ausgelöscht. Es war nicht daran zu denken aufzubrechen, sah Sixten ein. Sowohl er als auch Kennet waren dafür zu schwach.

Sixten zündete das Notlicht an und setzte es oben auf ihr Haus.

In der Nacht wurde Kennet wach. Er stöhnte. Sixten erwachte ebenfalls.

»Was ist los?«, fragte Sixten. »Bist du krank?«

»Nein, nicht krank... das ist es nicht. Sondern ... ich muss mal... aufs Klo. Aber ich kann nicht raus... das schaff' ich nicht...«

Sixten seufzte. Er wusste, wie das war. Er hatte sich selbst stundenlang gefürchtet, bevor er endlich ein Stück Papier genommen hatte und raus ins Schneetreiben gekrochen war.

»Warte«, sagte er. Er rumorte herum und fand eine der Plastiktüten, in denen die Decken gelegen hatten.

Er kroch zu Kennet, half ihm sich auf die Knie zu erheben, steckte ihm die Plastiktüte in die Hand und ein Stück Papier.

»Schaffst du es, die Hose runter zu ziehen...?«

»Ja, zum Teufel..«, zischte Kennet.

»Warte einen Moment, bis ich draußen bin... und knote die Tüte hinterher zu...«

Sixten warf sich in Schuhe und Anorak und schlängelte sich durch die Zeltöffnung. Ein harter Windstoß warf ihm eine Handvoll Schnee ins Gesicht. Das war es wert. Er hockte sich runter hinter dem Zelt, hielt die Ohren zu und fror ein paar Minuten. Er kehrte ins Zelt zurück... Kennet war zurück unter die Decken gekrochen und reichte Sixten die Plastiktüte. Die war ordentlich zugeknotet. Sixten schmiss sie durch die Zeltöffnung. Er fragte sich, ob sich die auf den Nordpolarexpeditionen genauso benommen hatten - mit ihren Darmproblemen.

Am nächsten Tag saß Kennet da, trank heißen Kakao und schaute lange auf Sixten, der dabei war, einen Kochtopf mit Schnee abzuwaschen.

»Nun fällt es mir wieder ein...«, Kennet suchte die richtigen Worte. »Du hast mich gerettet, was ... Sixten...?«

Sixten wusch weiter ab. Nach einer Weile sagte er: »Das kann man wohl sagen...« Er drehte sich seinem Zeltgenossen zu.

»Gib es zu, Kennet, dass du noch nie vorher eine richtige Gebirgstour mitgemacht hast...«

Kennet schüttelte vorsichtig den Kopf. Er verzog das Gesicht.

»Mir brummt der Schädel, wenn ich den bewege«, erklärte er. »Ja, ich gebe es zu. Ich bin ein paar Skipisten runter gefahren. Aber meistens habe ich nur gehört, was mein Vater und Sture Vinge erzählt haben.«

»Und war es nicht so, dass Sture Vinge uns niemals versprochen hat, wir dürften allein losfahren?«

Kennet warf ihm einen Blick zu. »Mmm... Er sagte, es sei *leichtsinnig*.« Kennet schüttelte wieder den Kopf, befühlte ihn vorsichtig. »Aber darauf habe ich gepfiffen...«

»Das habe ich gemerkt«, sagte Sixten. »Wir liegen in einem Notzelt, Kennet. Verloren im Gebirge. Ich weiß nicht, wo wir sind. *Niemand* weiß, wo wir sind.«

Kennet fuhr mit der Hand übers Kinn und stöhnte. Dann kam es:

»Ich bin ein absoluter Trottel. Das meinst du auch, Sixten, was? Das bin ich lange gewesen.«

Sixten nickte.

Kapitel 17

Wiedervereinigung

Am Nachmittag des nächsten Tages erreichten zwei Schneeskooter des Rettungsdienstes die beiden.

»Welch ein Glück, dass du ein solches Notlicht mit Rauch draußen hattest«, sagte der Leiter zu Sixten. »Burschen, Burschen – warum habt ihr nirgends eine Nachricht hinterlassen, wohin ihr wolltet – und wann ihr voraussichtlich zurückkommen wolltet? Wir sind in Ögrens Hütte gegangen, nachdem wir aus dem Dorf angerufen worden waren. Aber da war ja nichts. Nicht mal eine Linie auf einer Karte, nichts.«

»Wir wussten nicht...«, sagte Kennet.

»Man *muss* aber wissen«, sagte der Rettungsleiter barsch. »Und was man nicht weiß, muss man herausfinden.«

Er schaute Sixten an und sagte mit Nachdruck: »Buschen, Burschen...!«

In diese beiden Worte legte der Leiter seine Irritation und die seiner Helfer über die ewige Dummdreistigkeit der Touristen und deren schlampigen Umgang mit den Wettervorhersagen. Ebenso seine eigene Unruhe und ihre Strapazen, die viele Male zu nichts anderem führten, als das sie Zeugen einer Tragödie wurden.

Die Mannschaft hatte Rettungsschlitten dabei. Auf einen davon wurde Kennet gelegt und festgeschnallt. Trotz seiner Proteste wurde Sixten auf den anderen gepackt.

Johan lag in einem Bett im Bezirkskrankenhaus. Man zeigte Sixten sein Zimmer.

»Ich hab schon an den Schritten gehört, dass du das bist, Sixten«, sagte er. Johan hatte eine schwarze Bandage um seine Augen, da er stark schneeblind war. Es würde eine Woche brauchen, bis er wieder richtig sehen konnte.

»Die Augen werden wieder ok, sagen sie«, murmelte er. »Aber die Ohrläppchen sind gefühllos, genauso wie ein paar Flecken im Gesicht. Diese Stellen sind erfroren und es ist nicht sicher, ob das Gefühl wieder kommt.« Er lächelte. »Man kann mit Nadeln rein stechen. Ich bin unverwundbar, wie das Phantom.«

Sixten wusste, dass es Emil noch schlechter ging. Ihm waren zwei Zehen des linken Fußes abgefroren; er konnte nicht gehen, ohne auszurutschen.

Von Johan kam: »Ich bin in die Richtung gefahren, die du gesagt hast.«

Sixten räusperte sich. »Der Vollmond steht im Westen zu dieser Tageszeit.«

»Wir sind trotzdem falsch gefahren und herumgeirrt. Das Licht war so komisch... Sie sagen, es sei reines Glück, dass wir noch leben.«

Johan schwieg eine Weile. Dann setzte er fort: »Ich habe dich im Stich gelassen, Sixten. Das ist mir jetzt klar. Ich kann mir nur dafür Vorwürfe machen, dass ich solche Angst bekam. Die gleiche Panik überkam mich wie an diesem Ostersamstag. Ich sollte besser keine Gebirgstouren machen... Kannst du trotzdem... weiter über Sterne mit mir reden, wenn wir wieder zu Hause sind?«

Sixten saß schweigend da.

»Ich weiß nicht«, sagte er nach einer Weile. »Du hast mich unerhört enttäuscht.«

Sixten hatte lange darüber nachgedacht, was er zu Johan sagen würde, wenn sie sich wiedersähen. Er hatte damals keine Antwort darauf gefunden, genauso wenig wie jetzt. Das einzige war, er wollte ehrlich über das reden, was er fühlte. Dann komme, was kommt.

»Es wird noch eine gute Weile dauern, bis ich wieder in der Schule bin«, sagte Johan. Seine Stimme war dunkel und bitter.

»Ja«, sagte Sixten. »Dann werden wir sehen...«

Johan antwortet nicht. Vielleicht hatte er erwartet, Sixten wäre so wie vorher. Aber das war er nicht.

Es wurde wieder still zwischen ihnen. Das einzige, was man hörte, war das Klappern von Füßen draußen auf dem Flur und schwache Radiomusik aus einem angrenzenden Raum.

Sixten stand auf und ging aus dem Zimmer. Er setzte sich in einem hellen Warteraum mit Blumen vor den Fenstern. Seine Stimmung war nicht gerade hell, er fühlte sich düster und schlecht.

Johan war sein bester Freund gewesen. Aber Johan hatte sich da draußen in den Bergen wirklich beschämend verantwortungslos verhalten.

Sixtens Gefühle für ihn waren jetzt verschwunden. Dort wo sie gesessen hatten, fühlte er sich leer. Sixten stützte das Gesicht in die Hände. War es unverzeihlich, was Johan getan hatte? Er war ja mit einer Erklärung gekommen oder mit dem Versuch einer Erklärung.

Verzeihen. Hatte Sixten nicht die anderen beiden Jungen gebeten, Kennet zu verzeihen und ihn zu retten, obwohl sich Kennet noch schlechter als Johan aufgeführt hatte?

Kennets Dummheiten hatte Sixten bereits vergessen. Musste er Johan da nicht auch noch eine Chance geben?

Aber konnte man sich auf Johan verlassen, wenn es um ein Leben ging?

Gerade hatte Johan noch gesagt: »Ich habe dich im Stich gelassen, Sixten. Das verstehe ich jetzt.« Johan lag da oben mit seiner schwarzen Augenbinde. Es sollte ihm ruhig noch ein Weilchen schlecht gehen. Er hatte ja nun Zeit genug, über das nachzudenken, was geschehen war.

Sixten stand auf und ging zurück zu Johans Zimmer. Er ging ganz leise und schweigend, aber Johan hörte es.

»Da bist du wieder, Sixten...«

Sixten setzte sich auf die Bettkante. »Das Problem, wie lange eine Schildkröte braucht, um vom Mars zum Jupiter zu spazieren, das können wir lösen. Wenn du dich zusammenreißt.«

Johan fasste Sixten an der Schulter und kniff ihn hart.

»Ich weiß, was du meinst.« Johans Gesicht leuchtete. Er setzte fort: »Ich bin bald wieder zu Hause in der Stadt, ich bin ja keine Schildkröte...!«

Johan versuchte zu lachen, aber es wurde nur ein hohles Husten. Sixten dagegen konnte lachen, denn er war glücklich. Lachend ging er aus Johans Zimmer.

Er traf eine Krankenschwester.

»Drinnen im Büro liegt ein Brief für dich«, sagte sie.

Das war eine Mädchenschrift auf dem Kuvert. Sixten riss es so hastig auf, dass es kaputt ging.

Mia.

Es stand in der Zeitung, dass ihr gerettet worden seid, schrieb sie. *Das war übrigens ich, die bei der Bergrettung angerufen hatte, um zu hören, ob sie von euch was wussten. Aber du weißt, Sixten, dass ich diesen Brief aus einem anderen Grund schreibe. Ich habe einen Jungen getroffen. Er wohnt hier ganz in der Nähe und das ist gut. Wir haben uns die ganze letzte Nacht geküsst, sodass mir noch die Lippen weh tun, und nun kann ich an gar keinen anderen mehr denken. Das verstehst du hoffentlich. Wenn du willst, lass von dir hören, wenn du das nächste Mal hierher kommst. Mia.*

Mit dröhnendem Kopf und einem Kloß im Hals stopfte Sixten den Brief in eine Hosentasche. Total verknüllt. Er merkte nicht, was er machte.

Das musste ein Missverständnis sein. Bei dem was sie gefühlt hatten. ... Sie musste sich mit ihm einen Spaß erlaubt haben!

Er sah eine Telefonzelle im Korridor. Er würde Mia sofort anrufen, ihre Stimme hören und sie sagen lassen, dass sie immer noch seine Freundin ist. Seine. Sixtens. Sie war schließlich das beste, was ihm jemals passiert war... Man konnte doch nicht genauso einfach

Schluss machen ... Und sie konnte doch nicht einfach mit einem anderen gehen...

Sixten suchte Mias Nummer im Telefonbuch, mit zitternden Fingern. Es trommelte und brannte in seinem Schädel. Er sehnte sich nach der Erlösung, die ihm nur ihre Stimme geben konnte. Sie würde sagen: Ich habe im Brief nur Spaß gemacht. Es gibt keinen anderen...

Ein Kronenstück fiel; das Freizeichen ertönte. Als Nächstes würde jemand den Hörer abnehmen und Sixten mit Mia reden können.

Aber im nächsten Moment war er absolut klar im Kopf. Plötzlich verstand er, dass das, was im Brief stand, wahr war. Mia hatte einen anderen Freund. Sie hatte nicht geschrieben, um Sixten zu ärgern, dass sie den anderen die ganze Nacht geküsst hatte. So war es, das war Mias Art zu leben.

Das war nicht seine, Sixtens – er war nicht so. Aber dafür konnte sie nichts. Da würde auch kein Telefongespräch helfen.

Und seinem Stolz ginge es auch viel besser, das war ihm klar, wenn er es bleiben ließe, mit ihr zu sprechen.

Er ging zurück zum Wartezimmer. Er sollte dort warten, bis der Arzt am späten Nachmittag seine Frostschäden im Gesicht und an den Händen angesehen hätte. Hoffentlich würde Sixten in ein paar

Tagen wieder gesund geschrieben. Drinnen im Wartezimmer saßen jetzt Leute.

Sixten ging zur Toilette und schloss sich ein. Da kamen die Tränen – in langen, heißen Strömen. Hinterher trocknete er sie und wusch das Gesicht mit kaltem Wasser. Er schaute auf sein rotes, verheultes Gesicht im Spiegel.

Er fühlte sich bereits besser. Er grinste in den Spiegel.

Als er in den Flur kam, stieß er mit Kennets Vater zusammen, der mit dem Nachtzug gekommen war. Dieser lächelte Sixten glücklich an.

»Das waren offenbar ein paar gute Sachen, die ich euch in den Beutel gepackt hatte, oder? Kennet wird wieder. Du vergisst ihn hoffentlich nicht? Er möchte, dass du morgen wieder zu ihm reinkommst...«

Der Sporthändler räusperte sich, zog sein Portmonee und reichte Sixten drei Hundertkronenscheine. »Du bleibst doch noch ein paar Tage hier oben, Sixten? Da passt du noch ein wenig auf ihn auf? Ich muss schon heute wieder zurückfahren... Kann nicht so lange von den Geschäften wegbleiben.«